고야산 스님 · 초롱불 노래

이 도서의 국립중앙도서관 출판시도서목록(CIP)은
e-CIP 홈페이지(http://www.nl.go.kr/cip.php)에서 이용하실 수 있습니다.
(CIP제어번호: CIP2010004108)

세계문학전집
053

泉鏡花 : 高野聖 · 歌行燈

고야산 스님·초롱불 노래

이즈미 교카 소설

임태균 옮김

문학동네

차례

고야산 스님

1

"참모본부가 편찬한 지도를 또다시 펼쳐볼 일은 없겠다 싶었는데, 워낙 길이 험난하다보니 손대기만 해도 후텁지근한 여행용 법의 소매를 걷어올리고 표지 달린 접책을 끄집어냈다네.

히다(飛騨)에서 신슈(信州)로 넘어오는 깊은 산속에 뚫린 샛길은 잠시 쉬어갈 만한 나무 한 그루도 없이 사방이 온통 산으로 둘러싸였지. 손을 뻗으면 닿을 듯한 봉우리가 있는가 하면, 그 봉우리 위로 또 봉우리가 층층이 쌓이고 겹겹이 치솟아서, 나는 새도 안 보일뿐더러 구름의 형체도 보이지 않았다네.

인적 없는 산길, 길과 하늘 사이에 오직 나 혼자뿐. 마침 정오쯤 되었는지 이글거리는 태양이 사정없이 내리쬐고 있었지. 그 맑게 비치는 새하얀 빛살을 깊이 눌러쓴 노송나무 삿갓으로 막으면서 이렇게 도면을 봤네."

행각승은 이렇게 말하며 엎드려 누운 자세로 두 주먹을 베개에 얹고 그걸로 이마를 받치고 있었다.

길동무가 된 이 스님은 나고야에서 이 에치젠(越前) 쓰루가(敦賀)의 여관에 와서 방금 전 잠자리에 들 때까지 내가 본 바로는 거들먹거리는 구석이 없는, 참으로 겸허한 인품을 지닌 인물이다.

원래 도카이도(東海道) 가케가와(掛川) 역마을에서 같은 기차를 탄 것으로 기억하는데, 의자 한구석에 고개를 푹 숙이고 불 꺼진 재처럼 죽은 듯이 앉아 있어서 별달리 눈에 띄지도 않았다.

오와리(尾張) 정거장에서 다른 승객들은 미리 약속이라도 한 듯이 모조리 내려버려서 기차 안에는 이 스님과 나, 단둘만 남았다.

기차는 어젯밤 아홉시 반에 신바시(新橋)를 떠나 오늘밤 쓰루가에 도착할 것이라고 했다. 도중에 기차가 나고야에서 섰을 때는 마침 정오 무렵이라서 점심으로 초밥 도시락 한 상자를 샀다. 행각승도 나와 마찬가지로 그 초밥을 샀는데, 뚜껑을 열어보니 군데군데 김이 흩뿌려진 질 낮은 지라시 초밥*이었다.

나는 경망스럽게 "이야, 당근이랑 박고지뿐이네!"라고 소리쳤다. 내 얼굴을 보던 행각승은 웃음을 참기 힘들었는지 킥킥거리며 웃어댔다. 객차에 탄 이는 우리 둘뿐이었던 터라 자연스레 그 이후로 서로 대화를 나누게 되었다. 듣자 하니 그는 에치젠에 가는 길인데, 종파는 다르지만 에이헤이사(永平寺)라는 절에 만날 이가 있다고 했다. 그런

* 생선회나 삶은 새우, 달걀부침, 어묵 등을 얹은 초밥. 여러 가지 고명과 초를 친 밥을 한데 섞은 것을 이르기도 한다.

데 그곳에 가기 전에 쓰루가에서 하룻밤을 묵어간다는 것이다.

와카사에 귀성하는 나도 같은 곳에서 묵어야 하는지라 동행하기로 약속했다.

그는 고야산(高野山)에 적을 두고 있다고 했다. 나이는 마흔대여섯쯤 되어 보였고, 별달리 묘한 구석도 없어 보이는, 점잖은 풍채에 온화하면서도 정감이 가는 사람이었다. 나사(羅紗)로 된 네모난 소매의 외투 위에 흰 플란넬 목도리를 두른데다, 챙 없는 모자를 쓰고 털장갑을 끼고 흰 버선에 굽 낮은 나막신을 신은 행색이 언뜻 보기에 승려라기보다는 와카*나 다도를 가르치는 스승의 모습이랄까, 아니, 어쩌면 오히려 속인의 모습에 가까웠다.

"어디서 묵으시는가?" 하고 묻기에, 나는 홀로 여행길에 나서서 숙소에서 보낸 시간이 너무도 지루했다며 넋두리를 늘어놓았다. 하녀가 쟁반을 든 채 꾸벅꾸벅 졸고 있지를 않나, 지배인이 입에 발린 칭찬을 늘어놓지를 않나, 복도를 걸어다니면 빤히 쳐다보지를 않나. 무엇보다도 참기 어려운 것은 저녁 식사 준비가 끝나는 대로 곧장 등불을 사방등(四方燈)으로 바꿔서 어두컴컴하게 만들고는 안녕히 주무시라고 거의 명령하다시피 말을 하는 것인데, 나는 밤이 깊어지기 전에는 잠을 못 자는 사람이라 잠들기 전까지의 기분이란 이루 말로 표현하기 힘들다고 말이다. 더군다나 요사이는 밤이 길어져서, 도쿄를 떠난 뒤로는 하룻밤 묵는 일이 무엇보다도 신경이 쓰이는지라 도무지 마음이 안 놓이니, 괜찮다면 스님과 한 방을 쓰면 어떻겠냐고 물었다.

* 和歌. 한시(漢詩)와 구분하여 일본 고유의 정형시를 이르는 말로, 좁은 뜻으로는 31음절로 구성된 단카(短歌)를 이른다.

스님은 흔쾌히 승낙하고는 호쿠리쿠 지방을 행각할 때 언제나 머무르는 가토리야(香取屋)라는 숙소가 있다고 했다. 원래 여관이었는데, 평판이 좋던 외동딸이 죽고 나서는 간판을 떼었다고 했다. 그렇지만 옛날부터 친분이 있는 이는 거절하지 않고 묵게 해주고, 노부부가 가족처럼 따뜻하게 대해준다고 했다. 괜찮다면 거기서 묵지 않겠냐고 하더니, "그 대신"이라고 말을 꺼내고는 도시락을 밑에 놓고 "먹을 거라곤 당근이랑 박고지뿐이네"라며 껄껄 웃었다. 언뜻 보기에는 얌전해 보여도 소탈한 면이 있는 위인이었다.

2

기후(岐阜)에서는 아직 푸른 하늘이 보였지만, 그후로는 어둡기로 소문 난 호쿠리쿠 지방의 하늘. 마이바라, 나가하마에서는 내내 옅은 구름이 껴서 어쩌다 드문드문 햇빛이 비치는 정도인지라 음산한 것이 추위가 몸에 스민다 싶었는데, 야나가세에서 비가 내리더니 이윽고 기차 창문이 어두워지면서 뭔가 하얀 것이 나풀나풀 흩날리기 시작했다.

"눈이에요."

"그렇구먼."

한마디 내뱉더니, 별로 신경도 쓰지 않고, 고개를 들어 하늘을 올려다보려고 하지도 않는다. 이때만 그런 게 아니라, 시즈가타케산이네, 라며 옛 전쟁터를 가리켰을 때에도, 비와호(琵琶湖)의 풍경을 이야기

했을 때에도 행각승은 그저 고개만 끄덕거릴 뿐이었다.

쓰루가에서 소름이 오싹 돋을 정도로 성가신 것은 호객꾼들이 손님을 끌어대는 악습이다. 그날도 미리 예상이라도 한 듯 기차에서 내리자 정거장 출구서부터 마을 어귀에 이르기까지 선전용 제등, 가게 이름을 쓴 우산을 둑처럼 쌓아놓고 빠져나갈 틈도 없이 여행객을 에워싼 채 저마다 소란스럽게 자기네 가게 이름을 큰 소리로 외쳐댄다. 개중에 심한 이는 재빨리 손짐을 낚아채고 "예이, 고맙습니다" 하고 한 방을 먹인다. 두통이 있는 사람은 피가 거꾸로 솟을 정도로 참을 수 없는 노릇이지만, 행각승은 아래를 보며 유유히 빠져나가서 아무도 소매를 붙잡지 않는지라 다행히 그 뒤를 따라 마을에 들어가 겨우 안도의 한숨을 내뱉을 수 있었다.

눈은 그칠 줄 모르고 계속 내렸는데, 이제는 비가 섞이지 않은 마르고 가벼운 것이 보슬보슬 내려와 얼굴에 닿는다. 저녁부터 문을 닫은 쓰루가의 거리는 쥐 죽은 듯이 조용했다. 한 줄 두 줄, 가로세로로 널찍하게 나 있는 네거리 모퉁이를 지나 하얗게 눈이 쌓인 길을 8정(町)*쯤 걸어 어떤 집 처마 밑에 당도하고 보니 바로 그곳이 스님이 가자고 한 가토리야였다.

도코노마**에도 객실에도 장식이라고는 전혀 없었지만, 기둥이 훌륭하게 받치고 있고 다다미는 견고했다. 화로에는 멋들어진 잉어 문양의 갈고리가 매달려 있었는데, 그 잉어의 비늘이 금으로 만들어졌나 싶을 정도로 윤이 났다. 한쪽에는 기막히게 훌륭한 부뚜막 두 개가

* 거리의 단위. 1정은 약 109미터이다.

** 다다미방 바닥을 한 층 높게 만들어 족자, 도자기, 꽃병 등을 장식해놓는 곳.

나란히 놓여 있고, 그 위에는 밥을 한 말은 지을 수 있음직한, 눈이 번쩍 뜨일 만큼 큰 가마솥이 걸려 있는 오래된 집이다.

주인은 솜으로 된 통소매 속에 양손 끝을 움츠려 넣고 화로 앞에서도 내놓지 않는, 말수 적고 무뚝뚝해 보이는 대머리 영감이었다. 반면에 부인은 애교도 있고 듣기 좋은 말도 곧잘 하는 할멈이었다. 기차 안에서 나누었던 당근과 박고지 이야기를 행각승이 꺼내자, 생글생글 웃으면서 멸치포와 말린 가자미, 다시마 된장국으로 차린 상을 내왔다. 말투로 보나 대하는 태도로 보나 스님과는 제법 각별한 사이인 듯하여 같이 간 내 마음도 더할 나위 없이 편했다.

이윽고 2층에 잠자리를 마련해주었다. 천장은 낮지만 두 아름은 됨직한 통나무로 된 들보가 지붕 용마루에서 비스듬히 타고 내려와, 객실 끝 차양 쪽에서는 머리가 천장에 닿을 듯했다. 이렇게 튼튼하게 지은 집이라면 뒷산에서 눈사태가 나더라도 꿈쩍도 하지 않을 것이다.

특히 그 방에는 고타쓰*가 놓여 있었기에, 나는 기쁜 마음으로 그 안에 들어갔다. 다른 이불 한 채가 같은 고타쓰 위에 깔려 있었지만, 행각승은 이쪽으로 들어오지 않고 베개를 옆에 놓고는 불기 없는 잠자리에 누웠다.

잠잘 때 스님은 오비**를 풀지 않는 것은 물론이요, 옷도 벗지 않았다. 옷을 입은 채로 몸을 둥글게 웅크려 엎드린 자세로 허리부터 쑥 들어가 어깨에 이불자락을 끌어당겨 덮더니 손을 짚고 몸을 숙였다. 그 모양이 보통 사람들과는 정반대로 얼굴에 베개를 베는 것이었다.

---

* 화로 위에 나무틀을 얹고 그 위에 이불을 덮어서 몸을 데우는 실내 난방장치.

** 일본 옷을 입을 때 허리에 두르는 긴 천.

얼마 안 있어 조용해지는 것이 스님이 이내 잠이 들 것 같은 눈치라, 나는 기차 안에서도 거듭 말했듯이 밤이 깊을 때까지 잠을 자지 못하니, 이런 나를 불쌍히 여겨 조금만 더 같이 시간을 보내달라고, 이 지방 저 지방 떠돌면서 수행하던 중에 겪은 재미있는 이야기라도 들려달라고 어린애처럼 졸랐다.

그러자 스님은 고개를 끄덕이고는 자신은 중년의 나이에 접어들고부터는 잠자리에 들 때 위를 보지 않고 엎드리는 습관이 들어서 늘 이 자세로 잠을 자는데, 나와 마찬가지로 아직 정신이 말똥말똥한 게 금세 잠이 오지 않는다고 했다. 출가한 중이 하는 말이라고 해서 항상 가르침이나 훈계나 설법만 있으라는 법은 없으니, "젊은 양반, 들어보시게" 하고 이야기를 시작했다. 나중에 들으니 그 종파에서는 꽤 고명한 설법가로, 리쿠민사(六明寺)의 슈초(宗朝)라는 덕망 높은 스님이라고 했다.

3

"이제 곧 한 사람이 더 여기 와서 묵는다더군. 자네와 동향인 와카사 사람인데, 칠기를 파는 행상인이네. 이 사내가 말이지, 젊긴 하지만 무척이나 성실하고 정직한 사람이야.

하지만 내가 지금 막 이야기를 꺼낸 그 히다산을 넘어갈 때 산기슭 주막에서 만난 도야마(富山)의 약장수란 녀석은 얼마나 심성이 고약한지 불쾌하기 짝이 없는 젊은이였다네.

고개를 넘어가려고 하던 날 이른 아침의 일이었지. 전에 묵고 있던 숙소를 세시쯤에 나섰던 터라 아직 시원할 동안에 육 리*쯤 가서 그 주막에 다다랐지만, 어느새 아침안개도 다 걷혀서 햇볕이 이글이글

* 일본의 1리는 약 3.927킬로미터로 한국의 10리에 해당한다.

내리쬐는 무더운 날씨로 변했다네.

너무 욕심을 부려 서둘러 걷기만 했더니 목이 말라서 견딜 재간이 없었지. 곧장 차를 마시려고 했는데, 아직 물이 안 끓었다더군.

하기야 아침안개가 다 걷혔다고는 해도, 좀체 사람들이 다니지를 않는 산길이다보니 나팔꽃이 피어 있는 이른 아침부터 차를 끓이고 있을 리 없었지.

긴 의자 앞에 시원해 보이는 작은 시냇물이 흐르고 있어서 아무 생각 없이 바가지로 물을 떠 마시려다가 문득 이런 생각이 들었어.

가만있어봐라, 계절이 계절이니만큼 무더운 날씨 탓에 무섭고 몹쓸 병이 널리 퍼져서 먼젓번에 지나온 쓰지라는 마을은 사방에 온통 석회를 뿌려놓지 않았던가.

'여보시오, 아가씨. 이 물은 저기 우물에서 떠온 건가요?'

주막 여자를 불러놓고는 이렇게 겸연쩍게, 머뭇머뭇 물어봤지. 그랬더니,

'아뇨, 냇물입니다.'

글쎄 이렇게 말하는 게 아닌가. 거 참, 희한한 일도 다 있다 싶었지.

'산 아래쪽에서는 무시무시한 전염병이 도는데, 이 물이 혹시 쓰지 쪽에서 흘러오는 건 아닙니까?'

'아닌데요.'

여자는 대수롭지 않다는 듯이 대답했지. 그 말에 처음엔 다행이다 싶었는데, 글쎄 그다음에 무슨 일이 일어났는지 한번 들어보게나.

거기에 조금 전에 말한 그 약장수가 아까부터 와서 쉬고 있었다네. 만금단(万金丹)*을 파는 싸구려 약장수라 하면, 알다시피 가느다란

세로줄 무늬 홑옷 위에 무명천으로 된 오비를 두르고, 또 거기다 요즘엔 흔히들 회중시계를 꽂고 다니지. 각반에 모모히키**, 물론 짚신을 신고 말이야. 연두색 무명 보자기로 약상자를 네모나게 싸서 목에 걸고는 동유지(桐油紙)로 만든 비옷을 작게 접어 그것을 굵은 무명실로 엮은 끈으로 아까 그 보자기에 동여매든가, 아니면 격자무늬 무명 박쥐우산을 하나 들든가 하지. 약장수라면 보통 이런 차림 아닌가.

언뜻 보기엔 너나 할 것 없이 성실하고 정직하며 분별 있어 보이는 얼굴을 하고 있어.

그러던 것이 일단 숙소에 도착하면 큼지막한 무늬의 화려한 유카타로 갈아입고, 오비를 단정치 못하게 풀고, 소주를 홀짝홀짝 마시면서 여관 여자의 살진 무릎에 정강이를 들이대지.

'어이, 땡추!'

글쎄 그자가 이렇게 함부로 부르면서 처음부터 사람을 얕보는 게 아니겠나.

'듣자듣자 하니 참 별소리를 다 하네. 거 뭐냐, 보아하니 계집이 생길 팔자가 아니라서 빡빡머리 중이 된 것 같은데, 그래도 역시 목숨은 아까운 게로군? 신기한 노릇이네. 속일 수는 없는 모양이야. 처자도 좀 보소. 그래도 저렇게 아직 속세에 미련이 있을 때가 좋은 거 아니오?'

이렇게 말하고는 주막 여자와 둘이서 얼굴을 마주 보고 낄낄거리며 웃었어.

---

* 만병통치약이자 가정상비약으로 여겨지는 검은 환약.

** 타이츠와 유사한 바지 모양의 남성용 의복으로, 속옷과 작업복이 있다.

아직 젊은 나이였던 나는 얼굴이 새빨개졌다네. 손에 뜬 냇물을 마시지도 못하고 망설이고 있었지.

그자가 담뱃대를 툭툭 털고는 이렇게 말하더군.

'뭘, 사양하지 말고 뒤집어쓸 정도로 마시라고. 목숨이 위태로워지면 약을 줄 테니까. 그러려고 내가 붙어 있는 거 아닌가. 안 그렇소, 처자? 어이, 그래도 공짜로는 안 되지. 염치 불고하고 말씀드리지만 영험한 명약 만금단, 한 첩에 삼백 푼이오. 갖고 싶으면 사게나. 아직 중한테 보시할 만큼 죄를 짓지는 않았으니 말이야. 아니면 어때, 내가 하라는 대로 한번 해보겠어?'

그러면서 주막 여자의 등을 탁 하고 두드렸지.

나는 황급히 달아났네.

거 참, 여자 무릎이니, 등이니, 나잇살이나 먹은 중이 주책없이 구는 것 같아서 몸 둘 바를 모르겠네만, 이야기가 이야기이니만큼 그 부분은 봐주게나."

4

"나도 홧김에 무턱대고 발길을 서둘러서 그 길로 산기슭 논길에 들어섰어.

반정(町)쯤 가니 길이 이렇게 갑자기 높아지더니 오르막길이 하나 내 눈에 들어왔지. 옆에서 보니 꼭대기가 활 모양으로 생겨서 마치 흙으로 빚은 무지개다리처럼 보였다네. 위를 보면서 거기에 발을 내디디려는 순간, 아까 말한 그 약장수가 종종걸음으로 다가와 따라붙었지.

인사조차 제대로 나누지 않았으니, 사실 그쪽에서 먼저 말을 건다고 해도 대답할 마음은 없었어. 사람을 철저하게 업신여기는 오만불손한 약장수는 이쪽을 힐끗 쳐다보더니 짐짓 나를 지나쳐 성큼성큼 앞으로 나아갔다네. 작은 산 같은 길의 우뚝 솟은 꼭대기에서 불쑥 박쥐우산을 펴들고 멈춰 서는가 싶더니, 그대로 건너편으로 내려가서 보이지 않더군.

그 뒤로 조금씩 오르막길이 이어져서 이윽고 북의 몸통 같은 길 위에 올라서나 싶더니, 또다시 내리막길이 이어졌어.

약장수는 나보다 앞서 내려갔지만, 멈춰 서서 자꾸만 주위를 둘러보고 있더구먼. 집요하게 또 뭔가 일을 꾸며낼 궁리를 하는 게 아닌가 하고 찜찜한 마음으로 따라갔는데, 알고 보니 그럴 만한 사정이 있었네.

길은 거기서 두 갈래로 나뉘었는데, 한쪽은 곧장 비탈길로 이어져서 급한 오르막길이 되어 있었고 길 양쪽으로 풀이 무성하게 나 있었네. 길가 모퉁이에는 그야말로 네 아름, 아니, 다섯 아름은 됨직한 노송나무 한 그루가 있고, 그 뒤쪽으로는 커다란 바위 두서너 개가 비죽비죽 솟아 나란히 포개져서 죽 이어져 있었지. 그런데 내가 어림짐작으로 머릿속에 그리고 있던 길은 그쪽이 아니었어. 역시 지금까지 걸어온 폭이 넓고 완만한 길이 맞는 것 같았어. 이제 이 리도 채 못 가서 산이 나오고 바로 그다음부터 고갯길로 이어질 터.

그런데 이게 웬일인지, 방금 말한 그 노송나무가 말이지, 주위에 아무것도 없는 길을 가로질러서 끝 간 데 없는 논 한가운데에 무지개처럼 튀어나와 있는 게 아닌가. 그야말로 장관이었지. 뿌리 쪽의 흙이 무너져서 커다란 뱀장어가 몸을 뒤트는 듯한 모양의 뿌리가 몇 가닥 드러나 있었는데, 그 뿌리에서 한 줄기 물이 쏴 하고 떨어져 땅 위로 흐르더니, 내가 가려던 길 한복판으로 흘러들어와 주위가 온통 물바다가 되고 말았지.

논이 호수로 변하지 않는 게 신기할 정도로 물이 콸콸 흘러 여울을 이루나 싶더니, 눈앞에 덤불숲이 펼쳐졌네. 그 덤불숲을 경계로 거의 두 정 정도 되는 거리가 마치 강처럼 보이더라고. 듬성듬성 놓인 작은 돌은 징검돌처럼 껑충껑충 큰 걸음으로 건널 수 있을 것 같아 보여서 제법 볼만했지만, 그래도 사람 손으로 늘어놓은 게 틀림없었어.

물론 그 여울이 옷을 벗고 건너야 할 만큼 대단하지는 않았지만, 주요 가도(街道)로 쓰기에는 너무 험난해 보였어. 말 같은 짐승은 쉽사리 지나갈 수 없을 것 같은 길이었지.

약장수도 이 광경을 보고 망설였을 거라 생각하는 사이에 그 약장수는 선뜻 단념하고 발길을 돌려 오른쪽으로 난 비탈길을 종종걸음으로 올라가기 시작했어. 순식간에 노송나무 뒤쪽으로 빠져나가더니, 내가 있는 곳 위쪽 부근으로 나와 아래쪽을 바라보면서 '이봐, 이봐, 마쓰모토로 가는 길은 이쪽이야'라고 말하고는 또다시 훌쩍 대여섯 걸음을 걸어갔네.

바위 꼭대기로 상반신을 내밀고는, '멍하니 있으면 나무 정령한테 홀리니 조심해. 대낮이라고 봐주는 법은 없어' 하고 비웃듯이 내뱉더니만, 이윽고 바위 뒤쪽 그늘로 들어가 높은 데 있는 풀 속으로 모습을 감췄다네.

잠시 후에 올려다봐야 될 정도로 높이 솟은 비탈길 꼭대기에 박쥐우산 끄트머리가 불쑥 튀어나왔지만, 나뭇가지에 닿을 듯 말 듯하더니 이내 풀숲 속으로 사라져 더이상 보이지 않게 되었어.

그때 누군가 '영차' 하고 느긋한 소리를 내며 냇물의 징검돌 위를 뛰어서 건너오는 게 보였네. 바지 엉덩이에 왕골로 된 바대를 대고, 아무것도 안 달린 멜대를 한 손으로 이고 있는 농부였다네."

5

"아까 그 주막에서 그곳에 가기까지 약장수 말고는 아무도 만나지 못한 것은 말할 필요도 없지.

방금 전에 헤어지면서 약장수가 한 말이 내심 마음에 걸려서 좀 혼란스러웠네. 한편으로 그 약장수는 여행에 이골이 난 행상인이니만큼 설마 길을 모를 리는 없을 거라고 생각했지만, 그래도 좀 망설여져서 오늘 아침에도 길을 나서면서 열심히 보고 온, 전에도 말한 그 지도를 거기서도 펼쳐보려고 하던 참이었네.

'잠시 말씀 좀 여쭐까 합니다만.'

'이런, 무슨 일이신지요?'

산골 사람들은 특히나 승려를 보면 그런 식으로 공손하게 말을 하지.

'아뇨, 굳이 여쭤보지 않아도 될 일이지만, 역시 길은 이쪽으로 곧

장 가는 거죠?'

'마쓰모토로 가십니까? 아아, 이 길이 맞습니다. 지난번 장마에 물이 넘쳐서 그만 어처구니없게도 강이 생겼죠.'

'앞으로도 계속 이 강물이 이어집니까?'

'웬요, 스님. 지금 여기서 보기에만 그렇죠. 건너는 일은 아무것도 아닙니다. 물이 된 곳은 저기 저 덤불까지이고, 그 뒤로는 여기와 같은 길이 이어져 산까지 짐차가 나란히 다닐 정도랍니다. 덤불이 있는 자리에는 원래 의사 선생님이 살던 커다란 저택이 있었어요. 이 근방은 이래봬도 하나의 마을이었답니다. 십삼 년 전 홍수가 났을 때 이 일대가 전부 벌판이 돼버렸지요. 사람도 얼마나 많이 죽어나갔던지. 스님이 걸으면서 염불이라도 읊어주십시오.'

이렇게 묻지도 않은 일까지 친절하게 이야기해주더군. 덕분에 자세한 사정을 알게 되어 이 길이 맞다는 것이 분명해지기는 했지만, 바로 눈앞에서 한 사람이 길을 잘못 들어서지 않았나.

'그럼 이쪽 길은 어디로 이어집니까?'

나는 약장수가 올라간 비탈길을 가리키며 물었지.

'네, 이 길은 오십 년 전까지만 해도 사람들이 다니던 옛길입죠. 이 길 역시 신슈로 통하지요. 주요 가도와 한 길로 만나고, 그 길이가 모두 합치면 칠 리쯤 더 가깝긴 하지만, 요즘에는 도저히 다닐 만한 길이 못 된답니다. 작년에도 스님, 순례하던 부자 일행이 이쪽으로 길을 잘못 들었죠. 이것 참 큰일일세, 비록 거지 같은 사람들이긴 해도 똑같은 사람 목숨일진대 쫓아가서 구해줘야지 하고 순사 양반 세 명이랑 마을 사람 열두 명이 한 조가 되어 여기서부터 타고 올라가 간신히 그 사람들을 데리고 돌아왔을 정도예요. 스님도 젊은 혈기에 지름길로 가려고 하시다간 큰일납니다. 걷다 지쳐서 노숙을 했으면 했지, 이쪽 길로 가실 생각일랑은 아예 하지 마세요. 그럼, 조심해서 가십시오.'

거기서 농부와 헤어져 강에 놓인 징검돌을 건너려고 하다가 문득 주저한 것은 약장수의 신변이 걱정됐기 때문이네.

설마 농부가 이야기한 것처럼 심하지는 않겠거니 하고 생각했지만 만일 그게 사실이라면 약장수를 죽게 내버려두는 꼴 아닌가. 어차피 나는 출가한 몸, 꼭 해가 지기 전에 숙소에 도착해 지붕 아래에서 자야 할 필요는 없지. 쫓아가서 데리고 오자. 자칫 길이 엇갈려서 옛길을 전부 걷게 되더라도 그리 대수로운 일은 아니지. 지금은 이리가 자주 출몰한다거나 온갖 잡귀들이 모습을 드러내기 시작하는 계절도 아니잖아. 될 대로 되라는 심정으로 길을 나서려다 주위를 둘러보니 어느새 친절한 농부의 모습도 사라져 보이지 않더군.

'좋았어.'

마음을 단단히 먹고 비탈길로 들어섰네. 의협심에서 한 일도 아니요, 그렇다고 젊은 혈기에서 한 일은 더더욱 아니었지. 지금 말한 대로라면 벌써 옛날 옛적에 도를 깨우친 사람 같지만, 실은 나는 무척 소심한 겁쟁이야. 냇물을 마시는 것조차 겁을 낼 정도로 제 목숨을 소중히 여기는 사람인데, 내가 왜 구태여 위험한 길을 택했을까 궁금하겠지.

단순히 인사만 나눈 사내라면 솔직히 모르는 척하고 내팽개쳤겠지만, 기분 나쁘게 생각한 사람이니까 그대로 내버려둔다면 일부러 그런 것 같아서 죄책감을 떨칠 수 없었기 때문이네."

슈초 스님은 여전히 이불 속에 엎드린 채 합장을 하고 말했다.

"그래가지곤 늘 외우는 염불도 공염불에 지나지 않겠다는 생각이 들어서 말이야."

6

"그건 그렇고, 들어보게나. 나는 그 길로 노송나무 뒤를 빠져나가 바위 아래에서 바위 위로 나왔다네. 나무 사이를 헤치고 풀이 무성한 좁은 길을 끝없이, 끝없이 걸어갔지.

그러자 어느덧 그때 올라온 산을 벗어나 내 앞에 산이 또 하나 다가왔어. 그 부근부터는 한동안 넓은 들판이 시원하게 펼쳐지고, 아까 지나온 주요 가도보다 폭이 더 넓고 완만한 외길이 이어졌지.

한가운데에 산 하나를 놓고 동쪽과 서쪽 두 갈래로 나뉜 길 같은 것이 보였는데, 정말이지 그 정도라면 예전엔 창을 든 행렬도 지나갔을 법하더군.

그 널따란 곳에서도 내 시선이 미치는 한 약장수의 모습이라곤 그림자도 안 보이고, 이따금 타는 듯한 하늘을 조그만 벌레가 날아다녔어.

걷기에는 그쪽이 더 마음이 안 놓였지. 사방이 탁 트여 있으면 왠지 불안하거든. 물론 히다를 넘는다고 할 적에는 칠 리에 한 채, 십 리에 다섯 채쯤 집을 만난다고 하는 게 일반적인 통념이니, 거기서 조밥이라도 얻어먹으면 그래도 형편이 괜찮은 셈이지. 그런 것은 이미 각오한 일이고 다리도 적당히 튼튼한지라, 나는 굴하지 않고 계속 나아갔다네. 그러자 또 양쪽에서 점점 산이 다가오더니 어깨에 끼일 듯이 길이 좁아졌어. 그러더니 곧장 오르막길로 이어졌지.

자, 거기서부터가 그 험하기로 유명한 아모 고개라는 걸 알았지. 그래, 이쪽도 마음을 다잡고 무더운 날씨 탓에 가빠진 숨을 잠시 고르며 우선 짚신 끈을 다시 묶었네.

그 오르막길이 시작되는 부근에 미노(美濃)*의 렌다이사(蓮大寺) 본당 마루 밑까지 관통하는 바람구멍이 있다는 말을 몇 년 지나고 나서 들었지만, 그때는 느긋하게 그런 걸 생각하고 있을 형편이 좀처럼 못 됐어. 경치니 자연현상이니 하는 게 눈에 들어올 리가 있나. 날씨가 맑은지 흐린지조차도 몰랐다네. 눈도 깜빡하지 않고 그저 열심히 앞만 보고 잰걸음으로 올라갔지.

자, 여기서부터 본론이라네. 처음에 말했듯이, 길이 지독히도 나빠서 전혀 사람이 다닐 수 있을 것 같지 않은데다가, 무엇보다 무서운 것은 뱀이었네. 이 뱀이란 놈이 양쪽 풀숲에 머리와 꼬리를 처박고 느릿느릿 기어가며 길에 다리를 놓고 있는 게 아닌가.

---

* 기후현(岐阜県) 남부.

맨 처음 그놈과 맞닥뜨렸을 때에는 삿갓을 쓰고 대나무 지팡이를 짚은 채 헉 하고 숨을 한 번 들이켜고는 그 자리에 풀썩 주저앉고 말았지.

정말 선천적으로 너무 싫어서, 아니, 싫다기보다는 무서워서 말이야.

그때는 우선 천만다행인 게 꼬리를 질질 끌고 건너편에서 대가리를 치켜드는가 싶더니 사락사락 소리를 내며 풀숲을 건너갔어.

간신히 일어나 대여섯 정쯤 길을 가니, 또 아까와 마찬가지로 마른 몸뚱이에 머리와 꼬리가 안 보이는 놈이 꿈틀거리는 게 아닌가!

'으악!' 하고 뒤로 펄쩍 물러섰는데 그놈도 또 숨더군. 세번째 만난 놈은 빨리 움직이지도 않고, 게다가 그 몸통의 굵기가 설령 기기 시작한다고 해도 미끈미끈 천천히 기어가면 꼬리가 밖으로 다 나오는 데 거의 오 분 정도는 걸릴 것처럼 보이는 큰 뱀이라서 어쩔 수 없이 가랑이를 벌리고 그 위를 넘어갔지. 바로 그때, 아랫배가 팽팽하게 땅기더니 오싹해지면서 온몸의 털과 털구멍이 남김없이 비늘로 바뀌고 얼굴색도 그 뱀처럼 변한 게 아닌가 싶은 생각이 들어서 눈을 가렸을 정도라네.

쥐어짜듯 식은땀이 나는 느낌이 들면서 으스스한 게 기분이 나쁘더군. 발이 꽁꽁 얼어붙었다고는 해도 마냥 서 있을 수만은 없는 노릇이라 흠칫흠칫하면서 길을 서두르니 또 있지 뭔가.

게다가 이번 것은 반으로 잘려서 몸통에서 꼬리까지만 남아 있는 뱀이었어. 잘린 곳이 푸른빛을 띠고 있었는데, 거기서 누런 즙이 흐르면서 씰룩씰룩 움직였어.

혼비백산해서 뒤로 물러났는데, 정신을 차리고 보니 방금 전 마주

쳤던 그놈이 아직 있는 거야. 차라리 죽을지언정 두 번 다시 그놈 위를 넘어설 마음은 들지 않았네. 아아, 조금 전 그 농부가 실수로라도 옛길에는 뱀이 많다고 말해주었더라면 지옥에 떨어지는 한이 있더라도 이 길로 오지는 않았을 텐데, 하고 내리쬐는 햇빛을 받으며 눈물을 흘렸네. 나무아미타불, 지금 생각해도 소름이 돋을 지경이야."

이렇게 말을 맺고는 스님은 이마에 손을 얹었다.

7

“언제까지 망설이고 있을 수만은 없는 노릇이라 마음을 단단히 먹었어. 물론 되돌아갈 수 있는 상황도 아니었지. 원래 있던 곳에는 역시 몸통만 남은 사체가 있었어. 멀리 피해서 풀 속을 내달려 빠져나왔건만, 당장에라도 그놈 몸통의 나머지 부분이 내게 달라붙을 것 같아 견딜 수 없었지. 겁에 질린 나머지 다리에 쥐가 나서 그만 돌에 걸려 넘어지고 말았어. 그때 무릎 관절을 다친 모양이야.

그 뒤로 부들부들 떨리면서 걷기가 조금 힘들어졌지만, 여기서 쓰러지면 타는 듯한 무더위에 쪄죽을 뿐이라고 나 스스로를 격려하면서 목덜미를 잡아서 끌고 가듯 고개를 향해 올라갔지.

아무튼 길가 풀숲에서 올라오는 후끈한 열기가 무시무시했어. 큰 새의 알 같은 것이 여기저기 발밑에 굴러다닐 것처럼 풀잎이 무성했다네.

큰 뱀이 꾸불꾸불 기어가는 모양처럼 생긴 고개를 이 리쯤 더 갔다네. 산이 움푹 팬 곳에 다다라 바위 모서리를 돌고 나무뿌리를 둘러서 닿은 곳이 바로 내가 처음에 말했던 그곳이야. 워낙 길이 험해서 참모본부의 지도를 펴보았지.

뭐, 역시 길은 똑같아서 지도를 봐도 말로 들은 것과 다를 바 없더군. 옛길은 이쪽이 분명하니 지도를 본다 한들 기분전환이 되지도 않을뿐더러, 원래 버젓한 도면이라고 해봐야 그저 밤송이 위로 붉은 선이 그어져 있을 뿐이야.

여행길의 험난함은 물론이려니와, 뱀이며 송충이며 새알이며 풀숲에서 올라오는 후끈한 열기 같은 것이 기록되어 있을 리 만무한지라 깨끗이 단념하고 접어서 품에 넣었지. 그러고는 힘주어 가슴에 파고들듯이 염불을 일념으로 외우고 다시 원기를 회복하여 일어선 것까지는 좋았는데, 숨을 가다듬기도 전에 매정한 뱀이 다시 길을 가로질렀어.

어차피 당해낼 재간이 없겠다는 생각이 든 순간, 직감적으로 이건 이 산의 영일 것이라는 생각이 들어 지팡이를 버리고 무릎을 꿇고는 햇볕이 이글이글 내리쬐는 땅에 양손을 짚었네.

'참으로 죄송합니다만 지나가게 해주십시오. 낮잠을 주무시는 데 방해되지 않도록 될 수 있는 대로 조용히 지나가겠습니다. 보시다시피 지팡이도 버렸습니다.'

겁에 질린 나머지 절실히 부탁하고 나서 고개를 드니 휙 하는 섬뜩한 소리가 났어.

무척이나 큰 뱀이다 싶었지. 사방으로 석 자, 넉 자, 다섯 자, 한 장(丈)* 남짓, 그렇게 점점 풀이 움직이는 폭이 넓어지고, 옆 계곡으로 한 일 자를 그리며 획 하고 나부끼나 싶더니, 끝내는 봉우리며 산이 일제히 흔들렸다네. 겁에 질려 떨면서 꼼짝 못하고 서 있으니 서늘한 느낌이 온몸에 스며왔어. 정신을 차리니 산바람이야.

이때부터 우르르 하고 메아리치는 산울림 소리가 들리기 시작했어. 마침 산 깊숙한 곳에서 바람이 소용돌이쳐서 거기서부터 위로 불어 올라오는 구멍이라도 뚫린 것처럼 느껴졌다네.

아무튼 산신령이 감응해서인지 뱀은 더이상 보이지 않고 더위도 견딜 만해져서 용기도 나고 발걸음도 한결 가벼워졌지만, 얼마 안 있어 갑자기 바람이 차가워진 이유를 알게 되었지.

바로 눈앞에 거대한 삼림이 나타났기 때문이었어.

세간의 비유 중에 아모 고개는 파란 하늘에서 비가 내린다고 하고, 사람들이 하는 이야기에서도 신이 다스리던 시대부터 나무꾼도 발을 들여놓지 않는 숲이 있다고 들었는데, 그때까지는 나무가 너무 없었어.

짚신이 차가워지면서, 이번에는 뱀 대신에 게가 기어다닐 것 같아 으스스한 느낌이 들었네. 좀 있으니 어두워지면서 삼나무, 소나무, 팽나무 하고 군데군데 분간할 수 있을 정도로 먼 데서 희미하게 햇빛이 비쳤지. 그 부근은 흙색이 온통 검게 보였지만, 광선이 숲 사이로 비쳐 들어오는 정도가 달라서인지 개중에는 푸른색을 띠거나 붉은색을

* 1자의 10배. 1장은 약 3.03미터이다.

띠거나 주름처럼 보이거나 해서 아름다운 곳도 있었다네.

때때로 발끝에 휘감기는 것은 나뭇잎의 물방울이 떨어져서 생긴 실 같은 물줄기였는데, 그건 가지에서 가지로 높은 데서부터 떨어져 내려오는 거였지. 또 걸핏하면 상록수의 잎이 떨어지고, 무슨 나무인지도 모르는 것이 후드득후드득 소리를 내고 바스락바스락하는 소리가 나는가 싶더니, 노송나무 삿갓에 걸리기도 하고, 아니면 막 지나친 등 뒤쪽으로 떨어지기도 하더군. 가지에서 가지로 떨어지고 또 고여 있고 하다가, 몇십 년 만에 비로소 땅 위에 떨어진 것인지도 모를 일이었지."

8

"얼마나 불안했는지는 말할 필요도 없지만, 비겁해 보일지는 몰라도 나처럼 수행이 덜 된 자는 그런 어두운 곳이 오히려 관념에 의지하기가 쉽지. 여하튼 몸이 견딜 만해진 덕에 다리가 쇠약해진 것도 잊어버렸어. 그래서 그런지 걷는 것도 한결 수월해졌네. 일단은 이걸로 대략 숲의 7할쯤은 넘어섰겠지 하고 생각하던 참에 머리 위 대여섯 자쯤 되는 곳에 있는 나뭇가지에서 삿갓 위로 툭 하고 뭔가 떨어졌어.

순간 낚시할 때 쓰는 납추라도 떨어진 게 아닌가 싶었지. 아니면 무슨 나무 열매 같은 것일까 하고 두세 번 고개를 흔들어보았지만 착 달라붙어서 떨어지지 않더군. 그래, 아무 생각 없이 손으로 잡으니 미끈거리면서 차가운 느낌이 들었어.

자세히 들여다보니 썰어놓은 해삼처럼 눈이랑 입이 없는 녀석이었는데, 아무튼 동물인 건 분명하더군. 어쩐지 기분이 나빠서 내던지려고 하니, 줄줄 미끄러져 손끝에 달라붙더니 대롱대롱 매달렸어. 겨우 뿌리치고 나니 손가락 끝에서 새빨간 고운 피가 뚝뚝 떨어지더군. 깜짝 놀라서 손가락을 눈 밑에 바싹 대고 가만히 살폈지. 그랬더니 이번엔 또 구부린 팔꿈치 부위에 뭔가가 쭈르르 매달렸는데, 똑같은 모양새를 한, 폭이 다섯 푼(分)*에 길이가 세 치쯤 되는 산거머리야.

어안이 벙벙해서 보고 있으니 순식간에 아래쪽부터 오그라들면서 점점 퉁퉁 부풀어올라갔는데, 이유인즉 바로 생피를 잔뜩 빨아들인 탓이었지. 칙칙한 검은빛을 띠고 매끈매끈한 피부에 다갈색 줄무늬가 있는 것이, 딱 오이처럼 생긴 피를 빠는 동물, 그놈은 거머리였어.

누가 봐도 못 알아볼 일은 없겠지만, 보통 것과는 비교가 안 될 정도로 워낙 크다보니 처음에는 눈치채지 못했던 거지. 어떤 밭이건, 어떠한 전설이 얽혀 있는 늪이건 그 정도로 커다란 거머리가 있을 것 같지는 않았네.

팔꿈치를 휙 털어봤지만, 단단히 파고든 모양인지 좀처럼 떨어지려 하지 않는 거야. 하는 수 없이 좀 끔찍하긴 했지만 손으로 잡아서 떼어내니 툭 하는 소리를 내며 겨우 떨어졌지. 잠시도 참을 수가 없어서 바로 그 자리에서 땅바닥에 냅다 내동댕이쳤는데, 그만 한 녀석들이 몇만 마리씩 둥지를 틀고 제 집처럼 살고 있는 모양이었네. 미리 그럴 줄 알고 준비를 해놓았다 싶을 정도로 햇빛이 안 드는 숲속의 땅은 눅눅하고 부드러워서 거머리가 찌부러질 것 같지도 않았다네.

---

* 1치의 10분의 1. 1푼은 약 0.303센티미터이다.

그러더니 이제는 목덜미 주위가 근질근질하기 시작했어. 손바닥으로 훑어내보니 옆으로 비스듬히 거머리의 등이 만져지면서 그놈이 미끈미끈 미끄러지는 거야. 어이쿠, 한 마리가 가슴 밑으로 숨어들더니, 오비 밑에도 한 마리, 얼굴이 새파래져서 슬쩍 보니 어깨 위에도 줄을 지어 기어가더군.

엉겁결에 펄쩍 뛰고는 전신을 마구 흔들면서 그 큰 가지 밑을 쏜살같이 빠져나갔어. 달리는 와중에도 우선 손 닿는 대로 몇 놈만이라도 정신없이 떼어냈지.

방금 전 그 가지에 거머리가 대롱대롱 매달려 있겠거니, 하고 두려운 생각에 뒤를 돌아보니, 웬걸, 그 나무의 가지라는 가지를 몇 마리인지 도무지 셀 수도 없을 정도로 많은 거머리들이 마치 나무껍질처럼 온통 시커멓게 뒤덮고 있는 게 아닌가.

이게 도대체 무슨 일인가 싶었어. 오른쪽도, 왼쪽도, 앞쪽 가지도 온통 거머리로 뒤덮여 있었네.

공포에 질린 나는 엉겁결에 비명을 지르고 말았네. 그랬더니 이게 웬일인가? 이번에는 위에서 툭, 툭, 하면서 시꺼멓고 가는 줄이 들어간 비 같은 것이 온몸에 쏟아져내리는 게 아닌가.

짚신을 신은 발등에도 떨어지더니 그 위에 또 포개지고 죽 늘어선 옆에 또 달라붙어서 발끝이 어디인지도 알 수 없어졌어. 그래도 아직 죽지 않고 용케 목숨이 붙어 있구나 하는 생각이 들 정도였지. 놈들은 마치 고동을 치면서 피를 빠는 듯했네. 그렇게 생각을 해서 그런지, 한 마리 한 마리가 오그라들었다 펴졌다 하는 모습을 보고 있으니 그만 정신이 혼미해졌네. 그 순간 희한한 생각이 들었어.

그 무시무시한 산거머리는 신이 다스리던 옛날 옛적부터 거기 모여서 사람이 오기를 기다리고 있었던 거야. 기나긴 세월을 거쳐 헤아릴 수 없을 정도로 많은 피를 빨면 비로소 그 벌레의 소원이 이루어지는 거지. 그때 거기 있는 모든 거머리들이 지금까지 빨아들인 인간의 피를 남김없이 토해내면, 그로 인해 흙이 녹아서 산 전체가 온통 피와 진흙으로 범벅이 된 거대한 늪으로 변하겠지. 그와 동시에 햇빛을 가로막아 낮에도 밤처럼 어둡게 만드는 커다란 나무가 조각조각 갈라져 하나씩 하나씩 거머리가 되고 말 게 분명해. 아니, 정말이라네."

9

“무릇 인간이 멸망하는 것은 지구를 둘러싼 얇은 막이 찢어져 하늘에서 불이 내리는 것도 아니요, 큰 바다가 뒤덮는 것도 아니라네. 히다국의 숲이 거머리로 변하는 게 가장 먼저, 결국에는 온통 피와 진흙 속에서 검은 줄무늬가 있는 벌레가 헤엄치는 그때가 세상이 바뀌는 때일 거라는 생각이 어렴풋이 들더구먼.

과연 그 숲도 입구에서는 아무 일 없었는데 안으로 들어와보니 이 모양이니, 더 안으로 깊숙이 들어가면 나무뿌리부터 남김없이 썩어서 이미 산거머리가 되어 있겠지 하는 생각이 들더군. 목숨을 부지할 수는 없을 거야, 나는 여기서 화를 입어 죽을 운명인가보다, 하고 부질없는 생각이 떠오른 것도 사람이 죽을 때가 가까워지다보니 그렇게 된 거라고 문득 깨달았네.

어차피 죽을 거라면 한 걸음이라도 더 앞으로 나아가서 세상 사람들이 꿈에도 모를 피와 진흙으로 범벅이 된 거대한 늪의 한쪽 끄트머리라도 봐둬야지. 그렇게 각오를 하고 나니 기분 나쁘고 자시고 할 것도 없더군. 온몸에 염주 모양으로 달라붙은 놈들을 닥치는 대로 긁고, 잡아뜯고, 떼어냈지. 손을 쳐들고 발로 밟기도 하면서 미쳐 날뛰는 모양으로 걷기 시작했어.

처음에는 몸이 확 불어난 것처럼 여겨지면서 가려움을 참을 수 없었지만, 나중에는 바싹 여윈 느낌이 들면서 욱신욱신 아파 죽을 맛이었네. 그래도 놈들은 여전히 인정사정없이 내가 걸어가는 동안에도 끊임없이 덮쳐왔지.

눈도 아찔아찔해지면서 거의 쓰러질 지경이 되자, 재앙은 거기까지가 절정이었는지 터널을 빠져나온 것처럼 저 멀리 어슴푸레한 달이 보이더군. 그곳이 바로 거머리 숲의 출구였던 게야.

아아, 푸른 하늘 아래로 나왔을 때에는 모든 것을 다 잊어버리고 부서져라, 티끌이 되어 사라져버려라, 하고 몸을 냅다 산길에 내던지듯 나뒹굴었어. 그러고 나서 자갈이건 바늘이건 상관없다는 심정으로 땅바닥에 몸을 비벼대며 열 마리 남짓 되는 거머리 사체를 뒤집어놓았지. 그러고는 대여섯 칸(間)*쯤 건너편으로 훌쩍 뛰어서 몸부림을 치고는 벌떡 일어섰어.

이건 사람을 바보 취급하는 게 아닌가 싶더군. 주위의 산 곳곳에서, 피와 진흙 범벅의 거대한 늪으로 변하려고 하는 숲 가까이에서 쓰르

---

* 길이의 단위. 1칸은 약 1.82미터이다.

라미가 울고 있질 않나, 해는 기울고 계곡 밑은 벌써 어두워졌지.

일단 이대로라면 이리의 밥이 되어 단숨에 죽을 수도 있겠다 싶었네. 게다가 길도 마침 완만한 내리막길이라 이 신출내기 스님은 정신이 나간 듯 대나무 지팡이를 어깨에 지고 부리나케 달아났지.

거머리한테 시달려서 아픈 건지, 가려운 건지, 아니면 간지러운 건지 도통 알 수 없는 고통만 없었다면, 히다의 고갯길에서 기뻐서 혼자 독경에 가락을 붙여가며 이교도들의 춤이라도 췄겠지. 그러다가 청심환이라도 조금 씹어 으깨서 상처에 붙이면 어떨까 하는 생각이 들 정도로 제법 정신을 차렸네. 꿈인지 생시인지 어리둥절해 꼬집어보니 확실히 목숨은 붙어 있더군. 그건 그렇다 치고, 도야마의 약장수는 어찌 됐을까? 아까 그 모양을 봐서는 벌써 피로 변해 수렁 속에 빠졌겠지 싶었네. 거죽만 남은 시체는 숲속 어두운 곳 어딘가에 있을 테고. 게다가 게걸스럽고 천한 동물들이 뼈까지 핥아먹으려고 수백 마리씩 올라타기라도 한 날에는 식초를 들이붓는다 한들 끄떡도 안 할 게야.

이렇게 생각하는 동안에도 아까 말한 완만한 내리막길은 꽤 길었어.

그걸 다 내려가니 물 흐르는 소리가 들리고, 생각지도 않은 곳에 길이가 한 칸쯤 되는 흙다리가 놓여 있었네.

그 계곡물 소리를 듣자마자, 홀로 주체하지 못하던, 거머리가 빨다 남은 껍데기 같은 몸을 거꾸로 내던져서 물속에 담그면 얼마나 기분이 좋을까 하는 생각이 들었네. 뭐, 건너다가 다리가 무너져도 그만이다 싶었지.

위험하다고는 생각지도 않고 곧장 건너기 시작했지. 조금 흔들흔들

하기는 했지만 무사히 건넜어. 건너편부터는 또 비탈길이었어. 이번에는 오르막길이었지. 웬 고생인지 원."

10

“이렇게 지쳐서는 도저히 비탈길을 올라갈 수 없겠다 싶었는데, 문득 앞쪽에서 ‘히히힝’ 하는 말 울음소리가 메아리쳐 들려왔네.

마부가 집으로 돌아가거나 짐마차가 지나는 거겠지 싶었네. 아침에 농부와 헤어지고 나서 시간이 얼마 지나지도 않았는데 한 삼 년이나 오 년 정도 인간을 만나지 못한 것 같았어. 말이 있는 걸로 봐선 어쨌든 사람 사는 마을이 가까이에 있을 게 틀림없겠다는 생각이 들었지. 용기가 난 나는 영차 하고 힘을 내서 몸을 들썩이며 비탈길을 오르기 시작했네.

산속의 한 외딴 오두막집 앞에 닿기까지 그렇게 힘든 건 못 느꼈다네. 여름이라 미닫이도 제대로 닫아놓지 않았고, 특히나 외딴 오두막집이다보니 문도 활짝 열려 있었는데, 딱히 대문이라 할 만한 것도 없었다네. 그러고는 바로 눈앞에 허름한 툇마루가 보이더니 한 남자가 있었어. 그가 누구인지 따질 때가 아니었지.

'이보시오, 이보시오.'

이 말조차도 목숨을 구해달라는 듯한 어조로 거의 애원하다시피 하며 했네.

'실례합니다'라고 했지만, 그 남자는 아무 말이 없었네. 목을 축 늘어뜨리고 귀가 어깨에 파묻힐 정도로 얼굴을 옆으로 기울인 채, 아이처럼 멍하니 눈을 크게 뜨고는 문 앞에 서 있는 사람을 멀뚱멀뚱 쳐다보더군. 눈동자 하나 움직이는 것조차 귀찮은 듯 맥 빠진 자세였어. 남자는 짧은 옷자락에 팔꿈치에도 못 미치는 짧은 소매가 달린 풀기 있는 아이들 반소매 옷을 걸치고 가슴 언저리에서 끈으로 동여맨 차림새였네. 한데 통짜로 지은 아기 옷을 입은 것처럼 튀어나온 배가 뒤룩뒤룩 살이 쪄서 북을 집어넣은 것처럼 미끈미끈 부풀어오른데다 배꼽까지 튀어나왔더군. 호박 꼭지만 한 별난 그 배꼽을 한 손으로 만지작거리고 있었고, 다른 한 손은 마치 유령처럼 공중에 대롱대롱 매달려 있었지.

발은 붙어 있는 걸 잊어버리기라도 한 듯 쭉 내뻗었는데, 허리가 없다면 가게 입구에 달아놓는 포렴처럼 접으면 접힐 것 같았어. 그래도 나이가 스물두셋쯤은 됐을 것 같더군. 입을 쩍 벌리고 있었는데, 윗입술에 말아넣을 수 있을 정도로 코가 낮고, 이마는 툭 튀어나왔어. 짧게 깎은 머리가 자라서 앞쪽은 닭 볏처럼 됐고, 뒤쪽은 목덜미 언저리에서 뻗쳐 귀를 덮었더군. 벙어리인지, 바보인지, 얼마 안 있어 개구리로 변신하려고 하는 청년인지, 나는 놀랐다네. 그렇다고 이쪽 목숨에 별일은 없지만 앞에 앉아 있는 그 청년의 몰골이란, 그야말로 엄청난 별일이지 뭔가.

'부탁 좀 드립시다.'

그래도 어쩔 수 없으니 말을 걸었지만 조금도 통하지를 않았네. 청년은 툭 하더니 목 위치만 살짝 바꿔서 이번에는 왼쪽 어깨를 베개처럼 받쳤는데, 입을 벌리고 있는 건 방금 전과 마찬가지였네.

그런 사람을 잘못 건드렸다가는 갑자기 와락 달려들어 배꼽을 비틀면서 대답 대신에 빨아대려고 할지도 몰랐네.

나는 한 걸음 물러났지만, 아무리 깊은 산중이라고는 해도 이런 사람을 혼자 내버려두는 법은 없을 거라는 생각에 발꿈치를 들고 조금 큰 소리로 말했네.

'누구 안 계십니까? 실례합니다!'

뒷문인 것 같은 곳에서 다시 말 울음소리가 들렸네.

'누구세요?' 하고 헛간방 쪽에서 말한 것은 웬 여자였어. 어이쿠, 나무아미타불. 그 하얀 목에는 비늘이 돋아 있고, 몸은 바닥을 기면서 꼬리를 질질 끌고 나오는 건 아닌가 싶어 한 걸음 뒤로 물러섰네.

그런데 웬걸. '아, 스님' 하며 나타난 것은 몸집이 작고 아름다운데다 목소리도 청아하고 상냥한 여인이었네.

나는 큰 한숨을 내쉬고는 아무 말도 못하고 '네' 하며 머리를 숙였다네.

여자는 무릎을 꿇고 앉아서는 앞으로 발돋움하듯 해서 어스름한 황혼녘에 기운 없이 서 있는 내 모습을 자세히 들여다보았어.

'무슨 볼일이라도 있으신가요?'

쉬어가라는 말도 안 하는 걸 보니 남편이 집을 비운 모양이었어. 낯선 사람을 자기 집에 묵게 하지 않기로 정해놓은 것처럼 보였네.

거기서 망설였다가는 오히려 말을 꺼낼 기회를 놓쳐서 부탁하려 해도 할 수 없는 형편이 될 거라는 생각에 나는 성큼성큼 앞으로 나갔네.

그러고는 공손히 허리를 숙이고 이렇게 말했지.

'이 몸은 산을 넘어 신슈로 가는 중입니다만, 여관이 있는 곳까지 가려면 앞으로 얼마나 더 가야 하는지요?'"

11

"'팔 리 남짓은 더 가야 하는데요.'

'그 외에는 달리 재워줄 만한 집도 없습니까?'

'그런 곳은 없습니다.'

여자는 이렇게 말하면서 눈도 깜빡이지 않고 맑은 눈으로 내 얼굴을 찬찬히 바라보았어.

'저, 그러니까, 실은 요 앞으로 한 정만 더 가면 공덕을 쌓는 마음으로 으리으리한 방에 재워주고 하룻밤 내내 부채질을 하며 융숭한 대접을 해주는 집이 있다 해도, 정말이지 더이상 한 걸음도 못 걸을 지경입니다. 어디 곳간이나 마구간 구석 같은 데라도 괜찮으니 제발 부탁합니다.'

아까 말 울음소리가 난 곳이 이 집이 분명하다는 생각에 나는 이렇게 말했지.

여자는 잠시 뭔가 생각하는 눈치더니, 별안간 옆으로 고개를 돌려 천 주머니를 들더니 무릎 언저리에 둔 나무통 속에 물을 따르듯 좌르르 쏟아부었네. 그러고는 통 가장자리를 잡고 안에 든 것을 손으로 떠서 고개를 숙이고 들여다보더니 이렇게 말하더군.

'네, 묵어가시죠. 마침 밥을 지어드릴 만큼 쌀도 있으니까요. 게다가 여름철이라 산속 오두막집이 춥기는 해도 밤에 주무시는 데 불편하지는 않으실 겁니다. 자, 어쨌든 어서 들어오세요.'

난 그 말이 채 끝나기도 전에 털썩 주저앉았어. 여자가 불쑥 몸을 일으켜서 내게 다가왔어.

'스님, 그런데 말씀입니다만, 한 가지 꼭 일러드려야 할 것이 있어요.'

뭔가 단호하게 다짐하는 듯한 말투라서 나는 흠칫했네.

'아, 네.'

'아니, 별일은 아닙니다만, 저는 버릇처럼 도회지 이야기를 듣는 게 병이에요. 입을 봉하고 계셔도 제가 억지로 들으려고 할 텐데, 무슨 일이 있어도 절대로 들려주시면 안 돼요. 아시겠죠? 제가 억지로 물어보더라도 스님은 절대로 이야기하시면 안 돼요. 제가 아무리 간절히 듣고 싶어해도 딱 잘라 거절하고 말씀하시지 말아달라고 미리 이렇게 신신당부하는 겁니다.'

여자는 이렇게 뭔가 사정이 있어 보이는 말을 했어.

산의 높이와 계곡의 깊이, 끝을 알 수 없는 그곳처럼 도무지 속내를 알 수 없는 외딴 오두막집 여인의 말이긴 했지만, 지키기 어려운 계율도 아니라서 나는 그저 고개를 끄덕이기만 했지.

'네, 좋습니다. 일러주신 말씀은 꼭 지키도록 하겠습니다.'

여자는 이 말 한마디에 마음이 놓인 듯 허물없이 말했네.

'자, 누추한 곳이긴 하지만 어서 이 안쪽으로 들어와 편히 쉬세요. 발 씻을 물 좀 떠 올까요?'

'아뇨, 그러실 필요 없습니다. 걸레를 빌려주시죠. 아, 그리고 하시는 김에 걸레를 꽉 짜주시면 참 감사하겠습니다. 실은 여기 오는 길에 큰 봉변을 당했답니다. 몸을 내던지고 싶을 정도로 기분이 영 안 좋아서 등을 좀 닦았으면 해서요. 거 참 송구스럽습니다.'

'그러고 보니 땀을 많이 흘리셨네요? 얼마나 더우셨어요. 잠깐만요. 여관에 도착해서 목욕물에 몸을 푹 담그는 게 여행하시는 분에게는 무엇보다 좋은 대접이라고들 하지요. 목욕물은커녕 차도 변변히 대접해드리지 못하지만, 이 뒤쪽 벼랑을 내려가면 깨끗한 계곡물이 흐르니까 차라리 거기로 가셔서 씻으시는 게 좋을 것 같네요.'

그 말을 듣기만 해도 달려가고 싶더군.

'네, 그거 참 괜찮을 것 같습니다.'

'그럼 안내해드리죠. 마침 저도 쌀을 씻으러 가려는 참이라.'

이렇게 말하고는 아까 그 나무통을 겨드랑이에 끼고 툇마루에서 내려와 짚신을 챙겨 신더니, 몸을 숙여 마루 밑을 들여다보고는 낡은 나막신 한 켤레를 끄집어내더군. 여자는 '딱딱' 하고 소리를 내며 나막신을 부딪쳐 먼지를 떨어내고는 가지런히 놓아주었네.

'신으세요, 짚신은 여기 두시고요.'

나는 손을 들어 가볍게 인사를 했지.

'이거 참, 몸 둘 바를 모르겠군요.'

'이렇게 재워드리게 된 것도 저기, 다 전생의 인연 같은 것 아니겠어요. 사양하실 필요 없어요.'

하여간 어찌나 비위를 잘 맞추던지."

12

"'자, 저를 따라 이쪽으로 오세요.'

여자는 이렇게 말하고는 아까 그 쌀 씻는 나무통을 옆에 끼고, 가느다란 오비에 수건을 찔러넣고 서 있었어.

풍성한 머리카락은 묶어서 옆으로 빗을 비스듬히 꽂고 비녀로 고정시켜놨더군. 그 아리따운 자태는 달리 비할 데가 없을 정도였다네.

나도 잽싸게 짚신을 벗고 곧장 그 낡은 나막신을 받아 신었지. 그러고는 툇마루에서 일어서며 얼핏 보니, 아까 그 바보 녀석이 보였어.

그 녀석도 마찬가지로 내 쪽을 힐끗 보는가 싶더니, 혀 짧은 사람이 말하는 것처럼 어이없는 목소리로 '누나야, 이경, 이경' 하면서 나른한 듯 손을 들어 더부룩한 자기 머리를 쓰다듬었네.

'스님, 스님?'

여자가 도톰한 아랫볼에 보조개를 지으며 세 번쯤 시원스럽게 잇달아 고개를 끄덕였네.

청년은 음, 하더니 곧 축 늘어져서 또 배꼽을 만지작거리더군.

나는 너무 딱하다는 생각에 얼굴도 제대로 못 들고 살짝 훔쳐보았는데, 여자는 별로 신경 쓰지 않는 듯했어. 그대로 뒤를 따라 나서려는 순간, 수국 그늘에서 영감 하나가 불쑥 튀어나왔네.

뒷문으로 돌아 들어온 듯했는데, 짚신을 신고 쌈지 줄을 길게 잡아빼서 허리에 대롱대롱 매달고 있었어. 영감은 담뱃대를 문 채 여자가 있는 쪽으로 와서 나란히 섰지.

'스님, 잘 오셨습니다.'

여자가 그쪽을 돌아보았네.

'영감님, 좀 어땠나요?'

'아, 그래, 멍청하고 얼빠진 놈이라고 한 게 바로 저놈인가? 진짜 여우가 아니고는 도무지 등에 아무것도 태울 수 없는 놈이지만, 내가 누군가. 말을 잘해서 아가씨가 두세 달은 사는 데 불편함이 없게끔 내일 돈으로 잘 바꿔서 잔뜩 짊어지고 올 테니 염려 마시게나.'

'부탁드려요.'

'알았어, 알았어. 그런데 아가씨 어디 가는 길인가?'

'벼랑 아래 강 있는 데까지 잠깐 다녀오려고요.'

'젊은 스님 데리고 가서 강물에 빠지지 않게 조심하라고. 난 여기서 두 눈 부릅뜨고 지키고 있을 테니.'

영감은 이렇게 말하고는 툇마루에 비스듬히 걸터앉았네.

'스님, 말도 참 짓궂게 하죠?'

여자는 내 얼굴을 보며 웃었네.

'혼자 가겠습니다.'

내가 옆으로 물러나자 영감이 킥킥 웃으며 말했어.

'하하하하. 자, 어서 다녀오시오.'

'영감님, 오늘은 웬일인지 손님이 두 분이나 계셨어요. 이럴 때는 나중에 손님이 또 오실지도 모르니까 지로만 있으면 난처하지 않겠어요? 제가 돌아올 때까지 거기서 쉬면서 기다려주시지 않겠어요?'

'좋고말고.'

영감은 이렇게 말하며 청년 곁으로 다가앉더니 쇠 지렛대 같은 주먹으로 청년의 등을 탁 쳤어. 바보의 배가 철렁 흔들리더니, 울먹이는 듯한 입 모양을 하고는 히죽 웃더구먼.

나는 오싹해서 얼굴을 돌렸지만, 여자는 아무렇지도 않은 모양이었어.

영감이 입을 크게 벌리고는 이렇게 말했네.

'아가씨가 집을 비운 사이에 내가 이 서방을 유괴해가야지.'

'네, 그런다면 참 장하신 거죠. 자, 스님, 가실까요?'

뒤에서 영감이 보는 것 같은 생각이 들었지만 여자가 이끄는 대로 벽을 따라갔지. 아까 그 수국이 핀 쪽은 아니었어.

이윽고 뒷문인 듯싶은 곳에서 왼편으로 마구간이 보였어. 달그락달그락거리는 소리는 말이 판자벽을 차는 소리였을 게야. 그즈음부터 벌써 어둑어둑해지기 시작했어.

'스님, 여기로 내려가는 거예요. 미끄럽지는 않지만 길이 험하니 조심조심 내려오세요.'

여자가 그렇게 말했네."

13

"내리막길로 이어지는 곳에 가느다랗고 엄청나게 높아서 호리호리해 보이는, 대략 대여섯 칸 위쪽까지는 잔가지 하나 없는 소나무가 서 있었어. 그 밑을 빠져나갔는데, 위를 올려다보니 가지 끝에 걸린 하얀 달의 모습은 거기서도 별로 다를 바가 없었네. 속세는 어드메뇨, 음력 13일 밤에.

앞장선 여자의 모습이 별안간 눈앞에서 사라진지라 소나무 줄기를 붙잡고 들여다보니 바로 밑에 있었어.

여자가 나를 올려다보았네.

'여기서부터 갑자기 낮아지니까 조심하세요. 아무래도 스님한테 그 나막신은 무리였나보네요. 괜찮으시면 짚신이랑 바꿔 신으시죠.'

내가 뒤처진 것이 걷기 불편해서 그런 것이라 생각한 모양이었네만, 좌우지간 굴러떨어지는 한이 있더라도 한시바삐 가서 거머리로 더럽혀진 몸을 씻어내고 싶었지.

'뭐, 정 뭣하면 맨발로 가면 되죠. 부디 개의치 마십시오. 아가씨에게 심려를 끼쳐드려서 미안합니다.'

'어머, 아가씨라뇨?'

여자는 약간 어조를 높여서 요염하게 웃었네.

'네, 방금 전에 그 영감께서 그렇게 부르신 것 같은데, 부인이십니까?'

'어쨌든 스님한테는 이모뻘 되는 나이인 걸요. 자, 빨리 오세요. 짚신도 좋긴 하지만, 가시가 박히면 곤란하죠. 게다가 땅이 질척질척하게 젖어 있어서 기분도 나쁠 거예요.'

여자는 저쪽을 보고 말하면서 기모노 한쪽 자락을 확 걷어올렸어. 으스름한 땅거미 속에 여자의 새하얀 다리가 드러났는데, 그 걸어가는 모습이 흡사 새하얀 서리가 어둠 속에 사라지는 모습 같질 않겠나.

성큼성큼 길을 내려가는데, 한쪽 풀숲에서 두꺼비가 어슬렁어슬렁 기어나왔어.

'어머, 징그러워!'

여자는 이렇게 말하더니 발뒤꿈치를 뒤로 높이 쳐들고는 건너편으로 뛰었네.

'손님이 계시잖아! 어딜 감히 사람 다리에 달라붙어. 분수를 알아야지. 너희들은 벌레나 잡아먹으면 충분해.

스님, 어서 이쪽으로 오세요. 별일 아니에요. 깊은 산속이다보니 저런 녀석까지 사람이 그리운가봐요. 기분 나쁘기도 해라. 누가 보면 너

희들이랑 친구인 줄 알겠다. 어휴, 창피해. 저리 썩 가지 못해?'

두꺼비는 어슬렁거리며 다시 풀을 가르고 들어갔어. 여자는 건너편으로 쓱 지나갔지.

'자, 이 위로 올라오세요. 흙이 부드러워서 발이 푹푹 빠지니까 땅 위로는 못 걸어요.'

아닌 게 아니라 정말 커다란 나무가 쓰러져서 풀 속에 그 줄기를 드러내고 있었네. 통나무가 이만저만 굵은 게 아닌지라, 그 위로 올라서니 굽 높은 나막신으로도 걷는 데 지장이 없더군. 그걸 다 건너니 홀연히 물 흐르는 소리가 귓가에 또렷이 들려왔네만, 거기까지는 꽤 멀었네.

올려다보니 소나무는 이제 그림자도 안 보였어. 13일 밤의 달은 아까보다 훨씬 낮아졌는데, 방금 내려온 산꼭대기에 반쯤 걸려서 손에 닿을 듯 선명하게 보였지만 높이는 도무지 헤아릴 수가 없었다네.

'스님, 이쪽으로.'

여자는 조금 더 아래쪽에 서서 기다리고 있었어.

거기서부터는 벌써 온통 바위였는데, 바위 위로 계곡물이 흘러서 물웅덩이를 이루고 있었네. 강폭은 한 칸쯤 되었는데, 물가로 가까이 가보니 소리는 그리 크지 않았네만, 그 아름답기가 마치 구슬을 풀어서 흘려보낸 것 같았다네. 오히려 저 멀리서 바위에 부서지는 어마어마한 소리가 울렸지.

건너편 물가로는 또 하나의 산기슭이 이어졌어. 꼭대기 쪽은 어두컴컴했지만 산등성이에서 그 산중턱으로 들어오는, 달빛이 비치는 부근에는 크고 작은 돌들이 보였어. 소라처럼 생긴 것, 네모지게 쪼개놓은 재목처럼 생긴 것, 칼처럼 생긴 것, 공 모양을 한 것 등 눈이 닿는 곳이 죄다 바위뿐이었어. 어떤 커다란 바위는 산기슭으로 갈수록 점점 더 커지면서 물속에 잠긴 모양이 그냥 하나의 작은 산 같았다네."

14

"'오늘은 딱 알맞게 물이 불어서 안에 들어갈 필요 없이 이 위에서 해도 괜찮아요.'

여자는 발등을 물에 담그고 발끝을 구부리면서 눈처럼 하얀 맨발로 평평한 바위 위에 서 있었어.

우리가 서 있는 쪽은 맞은편과는 반대로 산기슭이 물 쪽으로 바싹 닿아 있었네. 마치 네모난 동굴 같은 구멍에 그 바위를 가져다 딱 맞춰 박아넣은 듯한 모양이었지. 상류나 하류 쪽은 보이지 않았지만, 건너편의 바위산이 꼬불꼬불한 비탈길 같은 모양을 하고 있는지라 계곡물은 다섯 자, 석 자, 한 칸 정도씩 상류 쪽으로 점점 멀어지면서 마치 옷감을 감친 듯 돌 사이로 드문드문 보였다 안 보였다 했어. 물은 온통 달빛을 받아 은빛 갑옷 모양을 하고 있었는데, 눈앞 가까운 곳은

실을 가지런히 고르듯 새하얗게 물결치며 흐르고 있었어.

'계곡물이 참으로 장관이로군요.'

'네, 이 계곡물은 폭포에서 흘러내려오는 거예요. 이 산을 여행하는 분들은 다들 큰 바람 소리 같은 것을 어디선가 듣지요. 스님은 이쪽으로 오시는 길에 뭔가 못 느끼셨나요?'

그러고 보니 산거머리가 나왔던 큰 덤불에 들어가기 조금 전부터 그 소리를 들은 기억이 났네.

'그건 숲에 부는 바람 소리가 아닌가요?'

'아니요, 모두들 그렇게 말하긴 하는데요, 그 숲에서 삼 리쯤 샛길로 들어간 곳에 큰 폭포가 하나 있어요. 그야말로 크기로는 일본에서 제일가는 폭포라고 하는데, 길이 워낙 험하다보니 지금껏 가본 사람이 열에 하나도 안 된답니다. 그 폭포의 물살이 거칠어져서 지금으로부터 꼭 십삼 년 전에 엄청난 홍수가 있었어요. 이렇게 높은 곳까지 물속에 잠겨서 산기슭에 있는 마을이며 산속의 집이며 할 것 없이 죄다 떠내려가버렸지요. 이곳 가미노호라에도 처음에는 집이 스무 채쯤 있었는데 말이죠. 이 계곡물도 그때부터 생겼죠. 보세요, 여기 보이는 돌들이 다 그때 떠내려온 거예요.'

여자는 어느새 쌀을 다 씻고, 흐트러진 옷깃 사이로 끄트머리가 얼핏 보이는 풍만한 젖가슴을 뒤로 젖히고 서 있었어. 코를 높이 쳐들고 입을 지그시 다문 채 황홀한 눈빛으로 산꼭대기를 올려다보았는데, 달은 여전히 산중턱의 겹겹이 포개진 바위를 비출 뿐이었지.

'이렇게 보고 있으니 지금도 두려운 생각이 드는군요.'

내가 이렇게 말하고는 몸을 숙여 상처 난 팔뚝 위쪽을 씻고 있는데,

여자가 말했네.

'어머, 스님, 그렇게 얌전히 씻으시다가는 옷이 젖어요. 기분이 별로 안 좋아질 테니 시원하게 벗고 씻으세요. 제가 등을 밀어드릴게요.'

'아닙니다.'

'아니긴요. 어서, 어서. 법의 소매가 물에 잠기잖아요.'

그러더니 여자가 별안간 등 뒤에서 오비에 손을 댔어. 흠칫 놀라 몸을 움츠렸지만, 여자는 날랜 손놀림으로 옷을 확 벗겨냈지.

나는 스승님이 엄하기도 했고, 경을 외우는 몸이다보니 이제껏 남 앞에 상반신조차 드러낸 적이 없었다네. 게다가 여자 앞이니 이건 달팽이가 집을 넘겨준 꼴이지 뭔가. 말하는 것은 고사하고, 손발을 버둥거리지도 못한 채 등을 잔뜩 웅크리고 무릎을 모아 그 자리에 얼어붙고 말았지. 여자는 벗긴 법의를 옆에 있는 나뭇가지에 사뿐히 걸어놓았어.

'옷은 여기에 놓아두죠. 자, 등을 밀어드릴게요. 저기, 좀 가만히 계세요. 아가씨라 불러주신 보답으로 이 아줌마가 특별히 신경 써드리는 거예요. 말 잘 들으세요.'

여자는 한쪽 소매를 앞니로 물어서 걷어올리더니, 구슬처럼 탐스러운 위쪽 팔뚝을 드러내 스스럼없이 내 등에 얹고는 가만히 들여다보았네.

'어머머!'

'어떻게 되기라도 했습니까?'

'멍투성이예요, 온통!'

'네, 바로 그겁니다. 아주 끔찍한 일을 당했지요.'

그때 일을 머릿속에 떠올리기만 해도 온몸이 오싹해진다니까."

15

"여자는 놀란 얼굴을 했어.

'그러면 숲속에서 큰일이셨겠네요. 여행하는 나그네들이 히다의 산에서는 거머리가 우수수 떨어진다고 하는 곳이 바로 거기예요. 스님은 샛길을 모르셔서 거머리 소굴을 정면으로 뚫고 오신 거예요. 이렇게 목숨을 건지신 것만 해도 신불(神佛)의 자비라 해야 할 정도로, 말이건 소건 닥치는 대로 피를 빨아 죽이는 걸요. 그나저나 욱신거리듯이 가려우시겠네요.'

'지금은 그냥 아프기만 합니다.'

'그러면 이런 걸로 문질러서는 부드러운 피부가 다 벗겨지겠네요.'

그러더니 솜처럼 보드라운 손이 닿았어.

그리고 양쪽 어깨에서 등, 옆구리, 엉덩이를 차례로 타고 내려가면서 물을 사르르 끼얹고 가볍게 문질러주었네.

그런데 그게 말이지, 뼛속까지 차가웠나 하면 그렇지 않았다네. 더운 때이기는 했어도 이치대로라면 달랐을 게야. 내 피가 끓었던 탓인지, 여자의 온기 때문인지, 손으로 씻어주는 물이 딱 알맞게 몸속에 스며드는 것이었네. 하기야 좋은 물은 부드럽다고들 하지.

그 느낌이 어찌나 좋던지, 졸음이 오는 것도 아닐 텐데 꾸벅꾸벅 조는 것 같은 상태였어. 상처가 난 자리의 통증이 사라지면서 정신이 몽롱해졌는데, 여자의 몸이 바싹 달라붙은 탓에 마치 꽃잎 속에 안긴 것 같은 모양새였다네.

여자는 도무지 산속에 사는 사람이라는 느낌이 안 들었어. 도회지에서도 흔히 볼 수 없는 용모는 말할 것도 없고 몸도 가냘팠지. 그래, 등을 씻는 중에도 힘에 부치는지 가빠지는 숨을 들키지 않으려고 꾹 참는 낌새가 느껴지기에 이제 거절하자, 거절하자, 생각하면서도 꿈을 꾸는 듯 황홀한 느낌 때문에 눈치를 채고도 그대로 씻게 내버려두었어.

게다가 산의 정기인지, 여자의 향기인지, 어렴풋하게 좋은 향이 풍겼어. 나는 여자가 등 뒤에서 내쉬는 숨일 거라 생각했지."

스님은 잠깐 말을 끊더니, 이내 이렇게 말했다.

"거, 자네한테서 가까우니 그 등불의 심지 좀 돋워주게나. 그리 좋은 이야기가 못 되는지라 어두운 데서 말하기가 좀 뭣하구먼. 이쯤부터는 낯가죽이 두꺼운 철면피가 되어 해치우기로 하지."

베개를 나란히 베고 있는 스님의 모습도 희미하게 보일 정도로 불빛은 어두워져 있었다. 재빨리 등불을 밝히자 스님은 미소를 지으며 다시 이야기를 이어갔다.

"자, 그렇게 해서 어느 틈엔가 비몽사몽간에 그렇게, 그 이상하고 좋은 향기가 나는 따스한 꽃 속에 살포시 감싸여 있었는데, 점점 발, 허리, 손, 어깨, 목덜미를 거쳐 머리까지 죄다 덮어오는지라 깜짝 놀랐다네. 나는 돌에 엉덩방아를 찧고 다리를 물속에 내던졌지. 빠졌구나, 하고 생각한 순간, 뒤에서 여자의 손이 어깨 너머로 가슴을 붙잡았어. 그래, 그 손을 꼭 잡고 매달렸지.

'스님, 이렇게 곁에 가까이 있으니 땀냄새가 나지는 않나요? 저는 더위를 지독히 타는 체질이다보니 이러고 있기만 해도 땀이 막 나요.'

이 말을 들은 나는 잡았던 손을 황급히 놓고는 막대기처럼 뻣뻣이 서 있었어.

'실례.'

'아뇨, 아무도 보는 사람은 없어요.'

여자는 태연하게 말했어. 여자도 어느 틈엔가 기모노를 벗고 보드라운 명주 같은 전신을 다 드러내고 있었던 거야.

내 어찌 놀라지 않을 수 있었겠는가.

'이렇게 뚱뚱하다보니 정말 창피할 정도로 더위를 잘 타요. 요즘에는 매일 두세 번씩은 꼭 와서 이렇게 땀을 씻는답니다. 만약 이 물이 없었더라면 어쨌을까 싶네요. 스님, 수건.'

이렇게 말하더니 물을 짜낸 수건을 내게 건네주었네.

'그걸로 다리를 닦으세요.'

정신을 차리고 보니 나도 모르는 사이에 몸은 이미 다 닦여 있었어. 이야기하는 것만으로도 송구스럽네그려, 하하하하!"

16

"과연 보아하니 기모노를 입었을 때와는 달리 살집이 제법 있는 풍만한 몸매였어.

'아까 마구간에 들어가서 말을 돌봤는데, 미끈미끈한 말의 콧김이 온몸에 닿아서 불쾌하던 참이었어요. 마침 잘됐네요. 저도 몸을 씻을 게요.'

남매끼리 비밀 이야기라도 하는 듯한 어조였네. 여자가 손을 들어 검은 머리를 잡으면서 겨드랑이 밑을 수건으로 쓱 닦은 다음 그걸 양손으로 짜내면서 서 있는 모습이 그저 그 흰 눈 같은 피부를 영험한 물로 정결하게 씻는 듯하더군. 그런 여자의 땀은 고운 연분홍빛이 되어 흐를 것 같은 느낌이 들었다네.

여자는 젖은 머리를 빗으며 말했어.

'어쩜, 여자가 이렇게 얌전하지 못하고 덜렁대서야. 강에 떨어지기라도 하면 어쩌죠. 하류로 떠내려가면 마을 사람들이 뭐라고 하겠어요?'

'흰 복숭아꽃이라 하겠지요.'

문득 마음속에 떠오르는 대로 무심코 말했는데 얼굴이 마주쳤네.

그러자 자못 기쁜 듯이 생긋 웃는 모습이, 그 순간만큼은 앳되고 싱그러운 게 나이도 일고여덟 살은 젊어 보였어. 그러고는 이내 처녀같이 부끄러운 기색을 띠면서 아래를 보았지.

나는 그대로 시선을 돌리고 말았지만, 달빛을 머금은 여자의 아리따운 모습이 희미한 연기 속에 휩싸이면서 건너편 물가의 물보라에 젖은 검고 매끈매끈한 큰 바위에 푸른빛을 띠며 투명하게 비치는 듯 보였어.

그런데 말이지, 밤눈이라 뚜렷이 보이지는 않았지만 아무래도 동굴이 있는 모양이었네. 저쪽에서 펄럭펄럭하는가 싶더니, 여기서도 펄럭펄럭하면서 거의 새만 한 크기는 족히 됨직한 커다란 박쥐가 눈앞을 가로지르는 거였어.

'어머나, 안 돼! 손님이 있잖아.'

여자는 허를 찔리기라도 한 듯 소리를 지르고 몸부림을 쳤어.

'무슨 일이시죠?'

이제 법의도 갖춰 입었겠다, 다부지게 물었지.

'아니에요.'

여자는 이렇게만 말하고 겸연쩍은 듯 빙글 등을 돌렸네.

그때, 강아지만 한 크기의 쥐색 동자(童子) 하나가 종종걸음으로 다가와서 속으로 '앗!' 하고 외마디 비명을 질렀는데, 별안간 벼랑에서 공중으로 휙 날아오르더니 여자의 등 뒤에 착 달라붙는 거야.

바로 등 뒤에 매달린 그 녀석 때문에 벌거벗고 서 있던 여자의 모습이 허리 위쪽으로는 사라져서 안 보였어.

'젠장, 손님 있는 거 안 보여?'

여자는 화난 목소리로 말했어.

'건방진 녀석들 같으니라고.'

이렇게 격하게 말하자마자 때마침 겨드랑이 밑으로 들여다보려고 하던 그 녀석의 머리를 그대로 냅다 후려쳤지.

동자는 '꽥, 꽥' 하고 괴성을 지르며 그대로 또 공중을 날아서 방금 전까지 법의를 걸어놓았던 가지 끝에 긴 손으로 매달리나 싶더니 빙글 돌아서 그 위에 올라타더군. 그러고는 그대로 곧장 나무를 줄줄 타고 기어올랐어. 알고 보니 그건 원숭이였지 뭔가.

가지에서 가지로 건너가는 듯싶더니 얼마 안 있어 올려다봐야 할 정도로 높은 나무를 타고 가지 끝까지 바스락거리며 올라가더군.

달은 산등성이를 벗어나 나뭇잎 사이로 드문드문 비치고 있었는데, 바로 그 나뭇가지 끝부분에 올라탄 거였어.

여자는 토라진 것 같았어. 그도 그럴 것이, 두꺼비랑 박쥐, 원숭이까지 벌써 세 번이나 번번이 장난질을 당했으니 말이야.

녀석들의 장난에 몹시 기분 상해 있는 모습이, 마치 시끄럽게 떠들어대는 아이들을 대하는 젊은 어머니의 모습 같더군. 정말로 화가 난 모양이었어.

그런 모습으로 귀찮은 듯 기모노를 입고 있는지라, 나는 말도 못 붙이고 잔뜩 움츠린 채 잠자코 기다렸네."

17

"상냥한 가운데 강인함이 있고, 가벼워 보이면서도 어딘지 차분한 구석이 있으며, 허물없어 보이면서도 어딘지 얕볼 수 없는 기품이 있고, 어떤 일이 닥치더라도 대수로운 일이 아니라며 헤쳐나갈 자세가 되어 있는 듯한 여자였어. 그렇게 아리따운 여자가 화가 나면 분명 좋은 일은 없을 게야. 달리 의지할 데도 없는 마당에 지금 이 여자한테 화풀이를 당한다면 큰일이라는 생각에 벌벌 떨면서 조심조심 서 있었는데, 괜히 겁부터 집어먹은 꼴이었지 뭔가.

'스님, 아마 이상하다고 여기셨겠지요.'

자기도 생각이 났는지 기분 좋게 미소 지으며 말했네.

'하지만 저도 어쩔 수가 없어요.'

여자는 아까와 마찬가지로 허물없는 태도로 돌아왔다네. 오비도 벌써 다 묶었더군.

'그럼 이제 집으로 돌아가요.'

여자는 쌀 씻는 나무통을 옆에다 끼고 짚신을 아무렇게나 신고는 불쑥 벼랑으로 올라섰네.

'위험하니까 조심하세요.'

'아니요, 이제 대충 알 것 같습니다.'

길을 다 익힌 줄 알았는데, 막상 올라가며 보니 위까지는 생각보다 무척 높았네.

얼마 안 돼서 또 통나무를 지나는데, 아까도 말했다시피 풀 속에 옆으로 쓰러져 있는 그 나뭇결이 꼭 비늘 같은 게, 흔히들 빗대어 말하는 것처럼 큰 구렁이랑 닮았더군.

특히 벼랑 위쪽으로 그럴싸하게 구불구불 굽이진 모양새가 구렁이를 그대로 빼다박은 것 같았다네. 대략 몸통이 이 정도쯤 되는 구렁이가 옆으로 누워 있다고 생각하니 머리랑 꼬리를 풀숲에 감추고 있는 것이 달빛 아래에서는 영락없는 구렁이더군.

산길에서 겪었던 일을 머리에 떠올리니 다리가 절로 얼어붙었어.

여자는 친절하게도 내가 뒤에서 잘 따라오는지 염려하며 신경을 써주었네.

'그걸 건너실 때에는 밑을 보시면 안 돼요. 마침 한가운데라 계곡이 엄청 깊거든요. 현기증이라도 나면 큰일이잖아요.'

'네.'

꾸물거리고 있을 수도 없는 노릇이라 겁 많은 자신의 모습을 웃어넘기고 일단 올라섰어. 발이 걸리도록 움푹 홈이 파여 있었기 때문에 정신만 똑바로 차리면 나막신으로도 걸을 수 있겠더군.

그런데 말이야, 자꾸만 아까 그 모습이 아른거려서 견딜 수가 없는 거야. 올라서니 이렇게 흔들흔들하면서 부드럽게 사르륵사르륵 기어갈 것 같았어. 그래, '으악' 하고 외마디 소리를 지르고는 털썩 주저앉았지.

'아아, 용기가 없으시네요. 나막신으로는 무리지요. 이걸로 갈아 신으세요. 저런, 말 잘 들어야죠?'

나는 아까부터 왠지 이 여자에게 경외심이 생겨서 어차피 불문곡직하고 명령을 받는 대로 하기로 마음먹었기 때문에 시키는 대로 짚신을 신었지.

그러자 무슨 일이 일어났는지 들어보게나. 여자는 나막신을 신은 채로 내 손을 잡아주는 거였어.

갑자기 몸이 가벼워지는 느낌이 들더니 별로 힘도 안 들이고 여자 손에 이끌려 훌쩍 그 외딴집 뒷문 앞에 닿았지.

집에 들어서자마자 누가 말을 걸더군.

'야, 시간이 꽤 걸리나 싶었는데, 스님, 원래 몸 그대로 돌아오셨네요?'

'무슨 소리예요? 영감님, 집 본 일은 어떻게 됐어요?'

'집 보는 것도 이만하면 된 것 같은데. 또 너무 늦어지면 나도 길 가기가 곤란해. 슬슬 말을 끌어내 준비해둘까 하는데 말이야.'

'너무 오래 기다리시게 했군요.'

'뭘, 가서 한번 보라고. 남편은 무사하니까. 거, 내 꼬임에는 좀처럼 안 넘어오던데? 하하하.'

영감은 별 의미도 없는 일을 가지고 크게 웃고는 마구간 쪽으로 터벅터벅 걸어갔네.

바보는 여전히 같은 자리에 그대로 앉아 있었어. 해파리도 햇빛을 안 쐬면 녹지 않는다고 하더니만."

18

"'히히힝!' '쉿, 워워' 하면서 뒷문을 도는 말발굽 소리가 툇마루에 울리더니, 영감이 말 한 필을 문 앞으로 끌고 왔어.

영감은 말고삐를 쥔 채 떡 버티고 서서 이렇게 말했지.

'아가씨, 그럼 나는 이만 가보겠네. 스님에게 맛있는 음식을 푸짐하게 대접하게나.'

여자는 화롯가에 초롱을 가져다놓고 고개를 숙인 채 냄비 밑에 불을 지피다가 고개를 들어 부젓가락 든 손을 무릎에 놓았어.

'정말 수고가 많으세요.'

'아니, 뭘 그렇게 정중한 인사까지. 쉿!'

그러고는 굵은 새끼줄을 끌었어. 거무스름한 바탕에 얼룩덜룩한 털이 섞인 말인데, 안장은 얹지 않았더군. 다부져 보이기는 했지만 갈기

숱이 적은 수컷이었네.

나도 별달리 말이 신기한 것은 아니었지만, 바보 등 뒤에 가만히 앉아서 할 일도 없이 무료하던 참에 마침 그 말을 끌고 가려고 하기에 툇마루로 훌쩍 나갔지.

'그 말은 어디로 가나요?'

'아, 스와(諏訪)*의 호수 근처까지 가서 마시장에 내놓을 겁니다. 내일 스님이 걸어가실 산길을 넘어갑니다.'

'스님, 혹시 그걸 타고 지금 달아나실 생각이세요?'

여자가 황급히 끼어들어 말을 걸었어.

'아뇨, 어찌 그런 불경스러운 짓을. 수행하는 몸이 말을 타며 발을 쉬겠다니, 그럴 생각은 추호도 없습니다.'

'여하튼 사람을 태울 만한 말이 못 됩니다. 스님은 목숨을 건지셨으니, 오늘밤은 얌전히 아가씨의 소맷자락 안에서 도움을 받으시지요. 그럼, 잠깐 다녀오리다.'

영감이 말했네.

'네.'

'이랴, 이랴!'

그런데 말이 꿈쩍을 안 하더군. 흠칫흠칫 실룩거리는 커다란 콧등을 비틀어 이쪽을 향하고는 뭔가 말이라도 하고 싶은 듯이 자꾸만 우리 쪽을 쳐다보는 거야.

'워워, 젠장, 이놈의 짐승이 왜 이리 날뛰누. 야!'

---

* 나가노현(長野県) 중부의 도시.

좌우로 밧줄을 잡아당겼지만 다리에 뿌리를 내린 것처럼 우뚝 서서 꿈쩍도 하지 않았어.

영감은 어지간히 조바심이 났는지 쳐보기도 하고, 때려보기도 하고, 말 몸통을 따라 두세 번 빙글빙글 돌아보기도 했지만, 전혀 움직일 기미가 안 보였네. 어깨로 부딪치는 것처럼 해서 옆구리에 몸을 갖다대니 겨우 앞발을 들긴 했지만 그뿐, 금세 또 네 다리를 뻗대더군.

'아가씨, 아가씨.'

영감이 소리쳐 부르자, 여자가 일어나 흰 발끝으로 홀홀 시꺼멓게 그을린 큰 기둥 뒤로 가더니 말의 눈에 띄지 않을 정도로 살짝 숨었어.

그사이에 영감은 허리에 차고 있던, 때가 찌들었는지 후줄근해 보이는 수건을 빼서 주름살이 깊게 팬 이마의 땀을 닦더니만, 이젠 괜찮겠지 하고 마음을 가다듬고는 다시 말 앞으로 갔네. 하지만 말은 여전히 꿈쩍도 하지 않았지. 그래서 이번엔 밧줄을 양손으로 쥐고 발을 모아서 허리를 한껏 젖히고는 끙 하고 온몸에 힘을 주었지. 바로 그 순간 무슨 일이 일어났는지 아나?

말이 어마어마하게 큰 소리로 울면서 양 앞발을 공중에 휙 치켜들자, 몸집이 작은 영감이 뒤로 발랑 나자빠졌지. 꽈당, 하더니 달밤에 흙먼지가 확 일었어.

바보도 그건 우스웠는지, 그때만큼은 고개를 똑바로 들고 두터운 입술을 쩍 벌려서 커다란 이를 드러내고는 공중에 늘어뜨리고 있던 손을 바람에 날리듯 흐느적거렸어.

'정말 성가시게 하네.'

여자는 귀찮은 듯 한마디 내뱉고는 짚신을 걸쳐 신고 봉당에 불쑥 내려섰네.

'아가씨, 착각하지 마쇼. 이건 아가씨 때문이 아니니까. 아무래도 처음부터 저 스님을 지켜보는 눈치였어. 아마도 이 짐승은 스님과 속세의 인연이 있었던 모양이야.'

나는 속세의 인연이라는 말에 놀랐네.

그러자 여자가 물었지.

'스님, 이리로 오시는 길에 혹시 누군가를 만나지 않으셨나요?'"

19

"'네, 갈림길 바로 앞에서 도야마의 반혼단(反魂丹)* 약장수를 만났습니다만. 그 역시 저보다 한 발 앞서 이 길로 들어왔습니다.'

'아아, 그래요.'

여자는 회심의 미소를 짓더니 말 쪽을 보았어. 우스워서 못 참겠다는 듯이 경망스러운 표정으로.

왠지 스스럼없이 대할 수 있을 것 같은 마음이 들어 이렇게 물었지.

'혹시 이 집으로 오지 않았습니까?'

'아니요, 몰라요.'

여자가 이렇게 말하는 순간, 별안간 범접할 수 없는 분위기가 감돌

* 복통, 식체, 상처 등에 효험이 있는 환약. 도야마의 약장수에 의해 일본 전역에 퍼졌다고 함.

아 나는 그만 입을 다물고 말았네. 그러자 여자는 말 앞다리 밑에서 말 끌기를 단념한 채 옷에 묻은 먼지를 떨고 있는 작은 몸집의 영감에게 고개를 돌렸어.

'어쩔 수 없네.'

여자는 이렇게 말하더니 잡아채듯 거칠게 자기의 가느다란 오비를 풀기 시작했어. 한쪽 끝이 땅에 끌리려는 것을 손에 집어들고는 조금 망설였지.

'아아, 아아.'

바보가 이렇게 탁한 소리를 내며 그 홀쭉한 손을 내밀었어. 그래, 여자가 손에 들고 있던 오비를 건네주니, 바보는 보자기를 펼친 것처럼 힘없이 축 늘어진 무릎 위에다 그것을 놓고 둥글게 마는 거였어. 그 모습이 마치 보물단지라도 다루는 것 같더군.

여자는 옷깃을 여민 뒤 가슴 밑에 손을 얹은 채 조용히 봉당을 나와 말 옆으로 쓱 다가갔어.

나는 그저 어안이 벙벙해서 보고 있었는데, 여자가 발끝으로 서서 손을 부드럽게 위로 쭉 뻗더니 두세 번 갈기를 쓰다듬더군.

여자는 커다란 콧등 앞에 우뚝 섰어. 그 모습이 갑자기 키도 훤칠하게 커진 것처럼 보였네. 여자는 한 곳을 지그시 바라보며 입을 다문 채 눈썹을 펴고 있는 게, 마치 황홀경에 빠진 듯했어. 애교나 교태를 부리는 듯하던 그 스스럼없는 분위기는 별안간 사라지고, 신이 아니면 요물일 거라는 생각이 들었지.

그때 앞뒤 양옆으로 비죽비죽 솟아나 있던 산과 봉우리들이 하나하나 이쪽으로 부리를 돌리고 머리를 쳐들어 이 별천지, 영감을 아래에 두고 말을 마주 본 채 달빛 아래 우두커니 서 있는 미녀의 모습을 엿보기라도 하는 듯했지. 어둠 속에 어슴푸레 심산(深山)의 기운이 서리기 시작했어.

미적지근한 바람 같은 기운이 느껴지나 싶더니, 여자가 왼쪽 어깨부터 옷을 벗었어. 소매에서 오른쪽 손을 빼내 풍만한 가슴 언저리로 가져가더니 입고 있던 홑옷을 말아 들었지. 여자는 어느새 실오라기 하나 걸치지 않은 모습이 되었어.

말의 등과 뱃가죽에 힘이 빠지고 땀이 흥건해졌지. 뻗디디던 다리도 힘이 풀렸는지 몸을 바르르 떨었는데, 콧등을 땅에 대고 흰 거품을 한 움큼 뿜어내는가 싶더니 앞다리를 꺾으려고 하는 거야.

그때 여자가 말의 턱 밑에 손을 갖다대더니 한 손에 들고 있던 홑옷을 가볍게 던져 말의 눈을 덮었어. 그러고 나서 토끼가 뛰어오르듯 위를 향해 몸을 훌쩍 날리고는, 요기를 품은 몽롱한 달빛을 받으며 말의 앞다리 사이에 몸을 집어넣나 싶더니, 말 눈을 덮고 있던 옷을 집어들고 아랫배 밑으로 쑥 들어가 옆쪽으로 빠져나왔어.

영감은 이런 일에 익숙한 눈치였어. 그 기회를 놓치지 않고 고삐를 당기니 말은 종종걸음으로 산길을 향해 힘찬 발길을 내디뎠지. 딸랑, 딸랑, 딸랑, 딸랑딸랑, 딸랑딸랑, 말은 방울 소리를 울리며 순식간에 시야에서 멀어졌다네.

여자는 벌써 기모노를 걸치고 툇마루로 들어왔는데, 갑자기 오비를 빼어 들려 하니 바보는 뺏기기 싫은지 그걸 붙잡고 내놓지 않은 채 손을 들어 여자의 가슴을 만지려고 했지.

여자가 매몰차게 뿌리치고 매섭게 노려보니까, 바보는 그대로 고개를 푹 숙였어. 이 모든 광경이 희미한 초롱불 빛 속에 환상처럼 보였다네. 화로에 지핀 땔나무가 불꽃을 내며 활활 타자 여자는 불쑥 달려 들어갔어. 그때, 하늘에 걸린 달 너머 어딘가를 향해 가기라도 하듯 아득히 먼 곳으로부터 마부의 노랫소리*가 들려왔지."

* 민요의 일종으로, 마소 거간꾼이나 마부가 말을 끌 때 부르는 노래.

20

"그러고 나서 밥 먹을 시간이 되었지. 밥상에는 산가(山家)의 절인 채소, 절인 생강에 삶은 미역, 이름도 알 수 없는 절인 버섯을 넣은 된장국이 올라왔어. 당근이나 박고지와는 차원이 달랐지.

찬은 소박했지만 요리 솜씨가 기가 막혔어. 배도 고플뿐더러 손수 식사 시중을 들어주는 게 어찌나 황송하던지. 여자는 쟁반을 무릎에 얹고는 그 위에 팔꿈치를 대고 턱을 괸 채 기쁜 듯이 내가 먹는 모습을 보고 있었어.

툇마루에 있던 바보는 아무도 상대를 안 해줘 따분함을 참을 수 없었는지, 그 뒤룩뒤룩한 배를 안고 어기적어기적 무릎으로 걸어서 여자 옆으로 왔네. 그러고는 무너질 듯이 책상다리를 하고 앉더니 자꾸만 내 밥상을 보면서 이렇게 손가락질을 했어.

'우우우우, 우우우우.'

'왜 그래요, 나중에 드세요. 이분은 손님이시잖아요.'

바보는 딱한 표정을 짓고 입을 비죽거리면서 고개를 가로저었어.

'싫어요? 하는 수 없네요. 그럼 같이 드세요. 스님, 실례 좀 할게요.'

나는 무심코 젓가락을 놓고는 이렇게 말했지.

'아니요, 부디 개의치 마십시오. 당치도 않은 융숭한 대접을 받고 있는 걸요.'

'아니에요, 스님. 무슨 말씀을. 당신은 나중에 나랑 같이 먹으면 될 텐데. 하여간 사람 난처하게 만든다니깐.'

여자는 서먹해지지 않게 애교 있는 말을 하고는 재빨리 나랑 똑같은 상을 차려 내왔네.

바지런하게 밥을 담는 모습이 좋은 아내다웠고, 게다가 어쩐지 그윽하고 고상한 게 좋은 집안에서 자란 여인이라는 느낌이 들었어.

바보는 흐리멍덩한 눈을 들어 상 위를 노려보다가, '저거, 아아, 저거, 저거' 하면서 주위를 두리번두리번 둘러보았어.

여자는 그 모습을 가만히 지켜보다가 이렇게 말했네.

'뭐, 하루쯤 안 먹으면 어때요. 그런 건 언제든지 먹을 수 있어요. 오늘밤은 손님이 있잖아요.'

'으응, 싫어, 싫어.'

바보는 몸을 흔들어대고는 울상을 짓더니 금방이라도 울음을 터뜨릴 것 같았어.

여자는 난처해하는 기색이 역력했다네. 옆에서 보기에 얼마나 딱하던지.

'아가씨, 뭔지는 모르겠지만 해달라는 대로 해주시는 게 좋지 않겠습니까? 제게 너무 신경을 쓰시면 오히려 마음이 편치 않습니다.'

여자는 한 번 더 물었어.

'싫어? 이걸로는 안 돼?'

바보가 울음을 터뜨리려고 하자, 여자는 자못 원망스러운 듯이 흘겨보면서 여기저기 부서진 찬장 안에서 주발에 담겨 있던 것을 꺼내 재빨리 바보의 상 위에 놓았네.

'자!'

짐짓 토라진 척 말하기는 했지만 이내 웃음을 지어 보였어.

그것 참 성가시기도 하지. 이건 뭐 눈앞에서 구렁이 조림이나 원숭이 태아 찜, 아니면 그것보다는 덜하다고 해도 송장개구리 말린 것 같은 음식을 입을 쩍 벌리고 빨아대겠거니 하고 슬쩍 보니, 그가 한 손에 밥그릇을 들면서 끄집어낸 것은 묵은 단무지였어.

그것도 말이지, 잘게 썰어놓은 게 아니었어. 한 개를 삼등분한 정도로 굵직한 것을 옆으로 물고 우적우적 씹어먹는 거야.

여자는 바보를 다루는 게 힘에 부친 모양이었어. 훔쳐보듯 나를 보더니 지금까지와는 달리 갑자기 숫처녀처럼 얼굴을 붉히고는 무안하다는 듯 무릎에 놓인 수건 끝을 입에 갖다댔네.

과연 청년은 단무지를 좋아한 탓인지 몸도 단무지 색처럼 누렇게 살이 쪄 보였어. 얼마 안 있어 먹이를 날름 먹어치우고는 물 달라는 소리도 안 하고 헉헉거리며 저쪽에 대고 숨을 몰아쉬었네.

'저는 가슴이 뭔가 탁 막힌 것처럼 갑갑해서 아무것도 먹고 싶지

않네요. 나중에 따로 먹을게요.'

여자는 이렇게 말하며 자신은 수저도 들지 않고 밥상 두 개를 모두 치웠어."

21

“그러고는 한동안 풀이 죽어 있었지.

‘스님, 많이 피곤하시겠네요. 곧장 이부자리를 펼까요?’

‘감사합니다. 그런데 아직 졸리지가 않네요. 아까 몸을 씻어서 그런지 피로도 싹 풀렸습니다.’

‘그 물은 어떤 병에도 잘 들어요. 제가 좀 고생을 해서 뼈와 가죽만 남을 정도로 몸이 쇠약해져도 반나절만 거기에 몸을 담그고 있으면 생기를 되찾는답니다. 겨울이 되어 산이 온통 얼어붙고 강과 벼랑도 남김없이 눈으로 뒤덮여도, 스님이 멱을 감으신 그곳만은 얼어붙지를 않아요. 그리고 후끈한 김이 오르지요.

그게 말이죠, 총상을 입은 원숭이니, 다리가 부러진 해오라기니, 온갖 동물들이 목욕을 하러 오다보니 그 발자국으로 벼랑에 길이 생겼을 정도예요. 분명 그 물의 효험 때문일 거예요.

그리 피곤하지 않으시다면 이렇게 저랑 이야기나 나누시죠. 쓸쓸해서 견딜 수가 없거든요. 정말 부끄러운 말씀이지만, 이런 산속에 틀어박혀 지내다보니 말하는 것도 잊어버린 것 같아서 불안하지 뭐예요.

스님, 그래도 졸리시면 사양하지 마시고 주무세요. 특별히 침실이라고 할 것도 없지만, 그 대신 모기는 한 마리도 없답니다. 가미노호라 사람은 마을에 와서 묵어갈 때 잠자리에 모기장을 쳐주면 어떻게 들어가는지 몰라서 사다리를 내놓으라고 난리법석을 떤다며 마을 사람들이 놀려댈 정도인 걸요.

실컷 늦잠을 주무셔도 종소리도 들리지 않죠, 닭도 울지 않죠, 게다가 짖어대는 개도 없으니 안심하셔도 돼요.

이 사람도 나면서부터 줄곧 이 산에서 자라서 바깥세상 일은 아무것도 모르지만, 대신 사람은 좋으니 조금도 염려하실 필요 없으세요.

그래도 낯선 분이 오시면 공손하게 인사드리는 것만은 알고 있는데, 아직 인사를 안 드렸네요. 요즘은 몸이 나른해서 그런지 게으름뱅이가 돼버렸어요. 아뇨, 아예 머리가 모자란 건 아니에요. 이래봬도 뭐든지 잘 이해하고 있답니다.

자, 스님에게 인사드려요. 어머, 인사하는 법도 잊어버린 거야?'

여자가 다정하게 몸을 가까이 대고 얼굴을 들여다보며 들뜬 듯이 말하니, 바보는 비실비실 양손을 짚고 태엽이 끊어지기라도 한 듯 고개를 툭 떨어뜨리며 절을 했어.

'네.'

나도 왠지 가슴이 미어져서 고개를 숙였다네.

한데 그때, 고개를 숙이는 바람에 몸의 중심을 잃었는지 옆으로 막 쓰러지려던 바보를 여자가 옆에서 다정하게 붙잡아 일으켰어.

'오, 잘했어요.'

무슨 공이라도 세운 것처럼 장하다고 칭찬해주고 싶은 얼굴이었네.

'스님, 시키면 뭐든지 할 수 있을 것처럼 보이지만, 이 사람의 병만은 의사 손으로도, 저 영험한 물로도 낫질 않아요. 두 다리로 일어서지를 못하니 뭘 가르쳐줘도 소용이 없어요. 게다가 보세요, 절 한 번 하는 것도 이렇게 귀찮아하니 말이에요.

뭘 가르쳐주면 그걸 익히는 게 얼마나 힘이 들고 괴롭겠어요. 그래봤자 몸을 고통스럽게 할 뿐이라는 생각이 들어서 아무것도 안 시키고 그냥 내버려두니 차츰 손을 움직이거나 말을 하는 것도 잊어버렸어요. 그래도 노래는 부를 줄 안답니다. 지금도 두세 곡은 잊어버리지 않고 외우고 있어요. 자, 손님한테 한 곡조 들려드리세요.'

여자 쪽을 한 번 쳐다본 바보는 이번엔 내 얼굴을 빤히 들여다보더니, 낯을 가리는 건지 고개를 저었네."

22

“이럭저럭 여자가 어르고 달래가며 권하자, 바보는 구부정하게 고개를 구부리고 배꼽을 만지작거리면서 노래를 불렀어.

‘기소(木曽)의 온타케산은 여름에도 춥다네.
겹옷 보내주고파, 버선도 같이.’*

‘잘 알고 있지요?’
여자는 귀 기울여 듣고는 생긋 웃었어.

---

* 나가노현 기소 지역을 중심으로 한 기소다니(木曽谷) 일대에 전해지는 민요. 봉오도리(음력 7월 15일 밤 남녀노소가 광장 같은 곳에 한데 모여 추는 춤) 노래로, 온타케산 참배객들이 불렀다.

참 이상한 일도 다 있지. 노래 부를 때의 바보의 목소리는 이 이야기를 듣고 있는 자네는 물론이고 내가 짐작했던 것과도 천양지차, 영 딴판이었어. 곡조나 음의 고저, 호흡이 길게 이어지는 것도 그러려니와, 무엇보다도 그 맑고 시원한 목소리는 도저히 그 청년의 목에서 나오는 것 같지가 않았어. 그 목소리는 마치 그 바보의 전생의 육신이 저승에서 대롱을 통해 그 뒤룩뒤룩 살찐 배에 불어넣는 것처럼 들렸다네.

공손한 마음으로 끝까지 노래를 들은 나는 계속 무릎에 손을 얹고 앉아 있을 뿐, 도저히 얼굴을 들고 거기 있는 두 남녀를 볼 수가 없었네. 왠지 가슴이 뭉클해지면서 눈물이 뚝뚝 떨어졌어.

여자는 재빨리 눈치챈 모양이었네.

'어머, 스님, 왜 그러세요?'

한동안 입을 떼지 못하다가 겨우 대답을 했지.

'아니요, 아무것도 아닙니다. 저도 아가씨에 대해 깊이 묻지 않을 테니, 아가씨도 제가 왜 그러는지 묻지 말아주십시오.'

자세한 사정은 이야기하지 않고 그저 마음속에 담아둔 채 그렇게 말했네. 실은 아까부터 쭉 지켜봤지만, 여자는 머리에 금비녀, 옥비녀를 꽂고 나비처럼 아름다운 옷을 걸치고 진주신을 신는다면 그야말로 여산(驪山)*의 궁궐에 들어가 황제의 품에 안길 만큼 요염하고 아리따운 사람이었네. 그런 사람이 그 남자를 대할 때 보여준 상냥하고 격의 없고 친절한 모습에, 비록 남의 일이긴 하지만 감화를 받아 나도

* 중국 서북부에 있는 산. 온천으로 유명한 곳으로, 진시황이 이 온천에서 상처를 치료했으며 당나라 현종은 이곳에 화청궁을 짓고 양귀비가 목욕을 즐기도록 했다.

모르게 그만 눈물이 흘렀던 게야.

하지만 사람 마음속을 못 읽을 여자가 아니었지. 금세 상황을 알아챈 듯, '스님은 정말 다정하시네요' 하고는 이루 말로 표현할 수 없는 정감 어린 눈빛으로 나를 지그시 바라보았네. 나도 고개를 떨어뜨렸고, 그쪽도 고개를 푹 숙였어.

아, 그때 등불이 또다시 어둠침침해진 듯했는데, 그건 아마도 바보 때문이었을 거네.

분위기가 어색해져서 한동안 말이 끊긴 사이에 우리의 명가수께서 할 일이 없어 따분했던 모양인지 눈앞의 등잔불을 빨아들이기라도 할 듯 크게 하품을 했던 거야.

몸을 들썩이면서 '자자, 자자' 하고는 비틀거리며 몸도 제대로 가누지 못하더군.

'졸려? 이제 잘까?'

여자는 이렇게 말하고는 고쳐 앉더니 문득 뭔가에 생각이 미쳤는지 주위를 둘러보았어. 바깥은 흡사 대낮 같았네. 활짝 열어둔 집 안으로 달빛이 쏟아져내려 수국도 선명한 푸른빛을 띠었지.

'스님도 이제 슬슬 주무시겠어요?'

'네, 신세 좀 지겠습니다.'

'그럼, 지금 남편을 재우고 올 테니 편히 계세요. 바깥하고 가깝긴 하지만 여름에는 오히려 넓은 데가 더 낫겠지요. 저희는 헛간방에서 잠을 잘 테니까 스님은 여기 널찍한 데서 느긋하게 쉬고 계세요. 잠깐만 기다리세요.'

여자는 말하다 말고 불쑥 일어나 성큼성큼 빠른 걸음으로 봉당에 내려섰어. 몸놀림이 너무나 활발하다보니, 틀어올린 검은 머리가 끝이 말린 채로 목덜미로 흘러내렸네.

여자는 귀밑머리를 지그시 누르고 문을 잡고 서서 밖을 내다보더니 혼잣말을 했어.

'어머머, 아까 그 소동에 빗을 떨어뜨린 모양이네.'

필시 말의 배 밑으로 빠져나올 때였을 게야."

23

이야기가 여기에 이르렀을 때, 마침 아래층 복도에서 발소리가 났다. 큰 보폭으로 살금살금 걸었지만, 워낙 주위가 쥐 죽은 듯 고요하다보니 발소리는 크게 들렸다.

이윽고 작은 볼일을 보고 오는 모양인지 덧문이 드르륵 열리더니 바가지로 물을 떠서 손 씻는 소리가 들렸다.

"오, 쌓였군. 쌓였어."

이렇게 중얼거린 것은 여관집 주인이었다.

스님이 말했다.

"허어, 이 집에서 묵기로 했던 와카사의 상인은 어디 다른 데 숙소를 잡았나보네. 지금쯤 무슨 재미있는 꿈이라도 꾸고 있으려나."

"그래서 어떻게 됐나요. 계속 말해주세요."

이야기 도중에 딴소리를 하는 게 답답하고 조바심이 나서, 나는 매정하게 계속 이야기를 이어가라고 재촉했다.

"자, 밤이 깊었네."

행각승은 다시 이야기를 시작했다.

"아마 짐작이 가겠지만, 아무리 지쳤다 한들 그런 깊은 산속 외딴집에서 쉬 잠이 올 리가 없지. 게다가 처음 한동안은 신경이 쓰이는 일도 좀 있고 해서 도저히 잠이 오지 않더군. 정신이 말똥말똥한 게 좀체 잠을 못 자고 있는데, 과연 피로가 심했던 탓에 머릿속이 조금 멍해지기 시작했네. 아무튼 날이 밝기를 기다리는 게 몹시도 지루했지.

그래서 처음에는 무심결에 종소리가 들리기를 은근히 기다리고 있었어. 이제나 저제나 하며 언제 울릴까 하고 기다렸지. 어라, 시간이 꽤 흐른 것 같은데 하고 의아해했지만, 얼마 안 있어 정신이 번뜩 들면서 이런 심심산중에 암자가 있을 리 만무하다는 걸 깨닫고 나니 갑자기 불안한 마음이 들었네.

그때는 이미 밤이 깊을 대로 깊어진 시각이었다네. 바보의 칠칠치 못한 숨소리도 들리지 않게 되자, 별안간 밖에서 뭔가 기척이 느껴졌어.

짐승의 발소리 같았는데, 그리 멀리서 걸어온 건 아닌 듯했지. 원숭이와 두꺼비도 있는 곳이니 뭐 그런 것이겠거니, 하고 일단은 마음 편히 생각하려고 했지만, 웬걸, 아무래도 놈의 정체는 그게 아니라는 느낌이 들었네.

잠시 뒤에 그놈이 앞문까지 다가왔나 싶더니만 양의 울음소리가 들렸어.

나는 그쪽에 베개를 두고 있었기 때문에 바로 머리맡 가까이서 들리는 것 같았지. 또 조금 있으니 문 오른쪽에 핀 수국 아래쪽 부근에서 새가 날개를 퍼덕이는 소리가 들렸어.

날다람쥐인지 몰라도 찍찍거리면서 지붕 용마루로 올라가더니, 이번에는 거의 작은 산만 하겠다 싶은 놈이 바로 요 앞까지 바싹 다가와서 소 울음소리를 내더군. 멀리 저쪽에서 후다닥 종종걸음으로 달려오는 건 두 발에 짚신을 신은 짐승 같았네. 온갖 짐승들이 우르르 떼지어 몰려와 집 주위를 에워싼 듯했어. 대략 이삼십 마리쯤 되는 짐승의 콧김 소리, 날개 소리가 들렸지. 개중에는 속삭이는 듯한 소리를 내는 놈도 있었어. 흡사 거 뭐냐, 축생도의 지옥 그림을 달밤에 비춘 듯 괴이한 모습이 덧문 하나를 사이에 두고 바깥에 그려졌지. 온갖 잡귀들이 다 모였다고나 할까. 나뭇잎이 바스락거리면서 흔들리는 듯한 기척이 느껴졌어.

숨을 죽이고 가만히 있으니 헛간방에서 '으음' 하며 길게 숨을 들이쉬는 듯한 신음 소리가 들려왔어. 여자가 악몽에 시달리기라도 했던 모양이지.

'오늘밤은 손님이 계셔.'

여자는 소리쳤네.

'손님이 계시잖아.'

잠시 뒤에 또렷하고 맑은 목소리로 다시 말했어.

그러고는 아주 낮은 목소리로 '손님이 있어' 하고 돌아눕는 소리가 들리나 싶더니, 또다시 몸을 뒤척이더군.

문 밖의 짐승들의 떠들썩한 기척 탓에 집이 흔들흔들 흔들렸네.
나는 다라니경을 외웠다네.

만일 나의 주문에 순종하지 않고
설법하는 사람을 괴롭히면
머리를 일곱 조각 내되
아리수나무 가지와 같이 하리라.
부모를 죽인 죄와 같이 하며
또는 기름을 짜는 재앙과 같이 하며
말이나 저울을 가지고 사람을 속이며
조달*이 화합승을 파하는 죄와 같이 하리라.
이 법사를 범하는 자는
마땅히 이와 같은 재앙을 얻으리라.
(若不順我呪 惱亂說法者
頭破作七分 如阿梨樹枝
如殺父母罪 亦如厭油殃
斗秤欺誑人 調達破僧罪
犯此法師者 當獲如是殃)**

---

* 인도어로는 데바닷타라고 하며, 석가의 사촌동생이다. 석가의 제자가 된 그는 석가에게 승가 개혁을 제안했으나 이것이 거부되자 승가에서 탈퇴하여 독자적인 교단을 만들었다. 또한 석가에 대한 질투와 시기심 때문에 그에게 해를 가하고 교권을 찬탈하려 했으나 실패하여 산 채로 지옥에 떨어졌다고 전해진다.
** 묘법연화경 제26장 다라니품.

이렇게 일심불란하게 외웠지. 그러자 휙 하고 나뭇잎 날리는 소리가 나면서 바람이 남쪽으로 불더니만 별안간 사방이 쥐 죽은 듯 조용해졌어. 부부의 침실도 조용해지더군."

24

"이튿날 정오쯤 되었을 때의 일이었어. 마을 근처 폭포 있는 곳에서 어제 말을 팔러 갔던 영감과 마주쳤네.

마침 내가 수행에 나서는 것을 단념하고 외딴집으로 돌아가 여자와 함께 한평생 살아보겠노라 생각하던 참이었지.

실은 폭포 있는 데까지 가는 도중에도 그 일만 생각했어. 다행히 뱀다리도 없었고 거머리 숲도 없었지만, 길이 험난한 것도 그렇고, 땀이 흘러 기분이 안 좋은 것도 그렇고, 새삼스럽게 수행을 위해 여기저기 떠돌아다니는 것도 시시하다는 생각이 들더군. 보라색 법의를 걸치고 칠당가람(七堂伽藍)*에서 살아봤자 무슨 소용이 있겠나. 살아 있는

* 불교건축의 일곱 당우, 즉 탑, 금당(金堂), 강당, 종루, 경장(經藏), 승방, 식당을 다 갖춘 절을 말한다.

부처님이라며 절하기 위해 우르르 몰려든다면, 사람들이 뿜어대는 후끈한 열기로 속이 메슥거리기밖에 더하겠나.

이야기하기가 좀 뭣해서 아까는 자세한 말을 안 했네만, 그 전날 밤에도 여자가 바보를 재우고 화롯가로 와서 바깥세상으로 고생하러 나가느니 여름에는 서늘하고 겨울에는 따뜻한 계곡물이 있는 이 산속 집에 머물면서 자기 곁에 함께 있어달라고 했어. 단순히 그 이유만으로 그 집에 그대로 눌러앉는다면 내 마음속에 마가 낀 것처럼 보이겠지만, 여기서 나 스스로 변명할 수 있는 건 자꾸만 여자가 측은하다는 생각이 들어서 견딜 수가 없었다는 거야. 깊은 산속 외딴집에서 바보를 상대하면서 말 통하는 사람도 없어 날이 갈수록 말하는 법조차 잊어버리는 기분이 들다니, 이 어찌 안타까운 일이 아니겠나!

그날 아침에도 새벽녘에 붙잡는 손길을 뿌리치고 그 집을 나서려고 할 때, 여자는 헤어지기 섭섭하다느니, 이런 데서 이렇게 늙어 시들 몸 두 번 다시 만날 수는 없을 거라느니, 졸졸 흐르는 작은 냇물에서라도 흰 복숭아꽃이 떠가는 것을 보면 이 내 몸이 계곡물에 잠겨 조각조각 찢긴 것이라 생각하라느니 하면서 풀이 죽었네. 그렇게 말하면서도 여전히 친절하게 그저 이 계곡물을 따라가기만 하면 아무리 멀다고 해도 마을로 나갈 수 있다, 바로 눈앞에서 물이 튀어오르면서 폭포가 되어 떨어지는 것을 보게 되면 인가가 가까이 있는 것이니 안심하라고 일러주면서 외딴집이 보이지 않는 곳까지 나와 손가락으로 길을 가리켜주었어.

그 손과 손을 맞잡고 부부의 연을 맺을 수는 없을지라도, 곁에 있으면서 아침저녁 말상대는 되어줄 수 있으련만. 버섯 된장국으로 밥상을 차려 먹기도 하고, 내가 장작을 때면 여자가 냄비를 걸고, 내가 나무 열매를 주워오면 여자가 껍질을 벗기고, 장지문 안과 밖에서 이야기도 하고 웃기도 하고, 또 계곡에 둘이 함께 가기도 하겠지. 그때 내 등에 발가벗은 여자의 숨결을 느끼며 미묘한 향이 나는 꽃잎에 따스하게 감싸인다면 난 그대로 숨을 거둬도 여한이 없을 것 같았어!

폭포수를 보고 있어도 견디기 힘들었던 것은 그 때문이었어. 정말 생각만 해도 식은땀이 나네.

게다가 벌써 마음도 해이해지고 몸의 힘도 풀려서 더이상 걷기도 귀찮더군. 인가가 저만치 가까워져서 기뻐해야 할 텐데도 불구하고, 기껏 좋은 대접을 받아봤자 입에서 냄새나는 노파한테서 떫은 차를 얻어 마시는 게 고작 아닌가 싶더라고. 그래, 마을에 들어가기도 꺼려져서 돌 위에 걸터앉았지. 그런데 마침 눈 밑에 폭포가 있었어. 그게 말이야, 나중에 들으니 부부폭포라고 하더구먼.

한가운데에 우선 상어가 입을 벌린 것처럼 끝이 뾰족하고 검은 커다란 바위가 튀어나와 있었는데, 위에서 흘러오는 빠른 물살의 계곡물이 거기에 부딪혀 두 줄기로 나뉘면서 높이가 얼추 넉 장쯤 되는 폭포수가 되어 쏴아 하고 떨어지는 거야. 그리고 검푸른 색에 흰 천을 물들여가듯 쏜살같이 마을 쪽으로 흐르더군. 큰 바위에 막힌 쪽은 강폭이 여섯 자쯤 되었는데, 조금도 흐트러짐 없이 흘렀어. 다른 한쪽은 폭이 좁아서 석 자쯤 됨직했는데, 그 밑에는 잡다한 바위들이 늘어서 있었네. 그 물이 나풀나풀, 나풀나풀, 구슬로 된 발(簾)을 여러 조각으로 잘게 부순 것처럼 그 커다란 상어 바위에 스치고 얽히고 해댔지."

25

“어떻게든 단 한 줄기라도 바위를 넘어 남편폭포에 매달리려고 하는 모양이었지만, 그래도 사이가 가로막혀 하류까지는 물방울 하나 오가지를 못하니, 이리저리 시달리고 흔들리며 홀로 온갖 고생과 어려움을 맛보는 것처럼 보였어. 몸도 초췌해지고 얼굴도 야위어서 흐르는 소리마저 다른 것과 달리 우는 것 같기도 하고 원망하는 것 같기도 한데, 그쪽이 바로 딱하리만치 다정한 부인폭포였어.

남편폭포 쪽은 그와는 반대로 돌을 부수고 땅을 꿰뚫기라도 할 듯 당당한 모습이었지. 그 둘이 바위에 부딪혀 좌우 두 갈래로 갈라져 떨어지는 게 가슴을 저며왔어. 부인폭포의 고심하는 듯한 모습은 미녀가 남자 무릎에 매달려 울면서 몸을 떠는 것처럼 보이는지라, 기슭에서 바라보고만 있어도 온몸이 와들와들 떨리고 살이 부들부들 떨렸네. 더구나 그 상류가 어제 외딴집 여자와 함께 멱을 감았던 곳이라 생각하니, 기분 탓인지 그 부인폭포 속에 그림 같은 그 여자의 모습이 생생히 떠올랐어. 물에 휩쓸려 가라앉았나 싶으면 또다시 떠올라 천 갈래 만 갈래로 흐트러지는 물과 함께 그 피부가 산산조각 나는 게 흡사 꽃잎이 지는 모습 같았지. 깜짝 놀라서 보니 이번에는 원래의 얼굴이랑 가슴이랑 젖이랑 손발이 완전한 모습으로 돌아와 떴다 가라앉았다, 눈 깜짝할 새에 산산조각이 났다가, 순식간에 또 나타나는 거야. 더이상 참을 수가 없게 된 나는 그대로 곧장 거꾸로 폭포 속으로 뛰어들어 부인폭포를 꽉 껴안아주고 싶다는 생각까지 했지. 정신을 차리고 보니 남편폭포 쪽은 우르릉 쾅쾅 땅을 진동하며 메아리쳐 흐르고 있더군. 아아, 그런 힘을 가지고 있으면서 어째서 구해주지를 않는 것이냐, 에잇!

폭포에 몸을 던져 죽느니 차라리 아까 그 외딴집으로 돌아가자. 추잡한 욕망이 있기에 이렇게 갈피를 못 잡고 있는 것 아닌가. 그 얼굴을 보고 목소리를 들을 수만 있다면, 그들 부부가 한 이불을 덮고 자는 옆에다 베개를 나란히 놓는 것만으로도 족해. 그래도 땀 흘려 수행을 하며 중으로 살다가 생을 마감하는 것보다는 훨씬 낫겠지. 이렇게 큰맘 먹고 돌아서려고 앉아 있던 돌에서 몸을 일으켰는데, 뒤에서 누가 등을 두드렸어.

'이야, 스님.'

이렇게 말을 걸기에, 때가 때인 만큼 가슴이 덜컹하고 뒤가 켕겨서 놀란 마음으로 돌아보니 염라대왕의 사자는 아니었다네. 바로 어제 만난 그 영감이었어.

말은 팔았는지 가뿐한 차림으로 작은 보따리를 어깨에 메고, 손에는 잉어 한 마리를 들고 있었네. 잉어는 비늘이 금빛을 띠었고 금방이라도 펄떡펄떡 꼬리를 움직일 것처럼 싱싱했어. 길이가 석 자쯤 되는 녀석이었는데, 아가미에 짚을 꿰어 대롱대롱 매달고 있었지. 너무 갑작스러운지라 아무 말도 못하고 보고만 있었더니, 영감은 내 얼굴을 가만히 들여다보았네. 그러고는 히죽히죽 웃었는데, 그게 또 예사롭지가 않았어. 뭔가 짚이는 구석이 있다는 듯 왠지 기분 나쁜 웃음이었어.

'뭘 하고 계신가. 수행하시는 몸이 겨우 이 정도 더위를 가지고 물가에서 쉬고 있어서야 되나. 어젯밤에 묵은 데서 예까지는 고작해야 오 리이니, 열심히 걸었으면 벌써 마을에 당도해서 지장보살님께 절하고 있어야 할 시간 아닌가?

옳거니, 우리 아가씨에게 마음을 빼앗겨 번뇌가 일어난 게로군. 아니, 숨길 게 뭐 있나. 내가 눈이 벌겋게 짓무르기는 했어도 흰지 검은지는 분간할 줄 아니까.

원래 보통 사람 같으면 아가씨의 손이 닿고 그 물을 뒤집어쓰고도 지금껏 인간으로 남아 있을 리가 없지.

소나 말, 원숭이, 두꺼비, 박쥐, 여하튼 날거나 뛰는 짐승으로 변하게 되거든. 스님이 계곡에서 올라왔을 때, 손이랑 발이랑 얼굴이 모두 사람이라서 내가 기겁을 했지 뭐요. 그래도 스님은 신심이 무척이나 두터운 덕에 무사할 수 있었던 거지.

거 말이오, 스님도 어제 내가 끌고 간 말을 보았지? 그래, 외딴집으로 오는 산길에서 도야마의 반혼단 약장수를 만났다고 하지 않았소.

거 보라고, 그 호색가 놈, 벌써 일찌감치 말로 변해 마시장에서 팔려서 돈이 되고, 그 돈이 이렇게 잉어로 둔갑했다오. 아가씨가 무척이나 좋아하시니 저녁 반찬을 만드실 게야. 스님은 도대체 아가씨가 뭐라고 생각하시나?'"

나는 엉겁결에 스님의 말에 끼어들었다.

"스님?"

26

스님은 고개를 끄덕거리면서 중얼거리듯 말했다.

"우선은 잠자코 들어보게. 그 외딴집 여자는 말이지, 원래 나랑은 뭔가 인연이 있었던 모양이야. 저 무시무시한 요괴의 소굴로 들어서는 갈림길, 물이 넘쳐난 곳에서 농부가 가르쳐주기를, 저기는 예전에 의사가 살았다고 한 바로 그 집 아가씨였어.

듣자 하니 히다 일대에는 당시 괴상한 일도 별난 일도 없었지만, 단 하나 특별히 불가사의한 게 있다면 바로 그 의사의 딸이었다는군. 태어날 때부터 옥같이 곱고 아름다웠다지.

아이 어머니는 뺨이 볼록 튀어나온데다 눈초리는 처지고 코도 낮았다고 하네. 그저 흔히 그 쭉쭉 잘 나온다는 탱탱한 젖을 물려가며 키웠을 뿐인데, 어쩌면 그렇게 아름답게 자랐을까 하며 다들 의아해했다지.

예로부터 이야기책에도 나오듯이 신의 마음에 들어 지붕 용마루에 흰 깃털 달린 화살이 선다든지,* 혹은 사냥 나온 귀인의 눈에 들어 궁중에 불려가는 것은 저런 여자일 거라는 소문이 파다하게 퍼졌어.

아버지인 의사라는 자는 광대뼈가 튀어나오고 수염을 길렀는데, 허세 부리기를 좋아하고 거만한 사람이었네. 물론 시골에는 추수철에 종종 볍씨가 눈에 들어가 앓게 되는, 눈곱이 끼거나 눈이 빨개지거나 하는 눈병이 많다보니 이 선생도 그런 병은 좀 고쳤지만, 내과로 말할 것 같으면 영 서툴렀다네. 더군다나 외과 환자라도 온 날에는 머릿기름에 물을 뚝뚝 떨어뜨려 싸늘하게 상처에 바르는 게 고작이었지.

정어리 대가리도 신심을 갖고 보면 존귀하게 느껴진다고, 그래도 아직 저승 갈 때가 안 된 이들은 병이 완쾌되고, 달리 돌팔이 의사도 없는 고장인지라 그런대로 번창했다네.

특히 딸이 열여섯 열일곱, 한창 꽃다운 나이가 되었을 무렵에는 약사여래님께서 사람을 구하기 위해 의사 선생님 댁에서 태어나셨다면서 신심 깊은 선남선녀, 아니, 병남병녀(病男病女)가 앞을 다투어 모여들었지.

그렇게 사람들이 모여들기 시작한 건 그 아가씨가 친숙한 환자들과 날마다 얼굴을 대하면서부터였어. 겉치레 인사라도 '손이 아프세요? 어떠세요?'라고 애교 있게 말하면서 부드러운 손바닥으로 환자의 손끝을 만져줬지. 제일 먼저 지사쿠라는 젊은이의 류머티즘이 깨끗이

---

* 인신공양을 원하는 신이 선택한 소녀의 집 지붕에 남몰래 흰 깃털 달린 화살을 세웠다는 전설에서 유래된 이야기로, 여러 소녀 가운데 특별히 선택되는 것을 뜻한다.

나왔어. 또 어떤 이는 '괴로우시죠?' 하며 배를 쓰다듬어주자 물을 잘못 마셔 배탈 난 것이 낫기도 했지. 처음에는 젊은 남자에게만 통하던 것이 점점 노인에게까지 미치더니, 나중에는 여자 환자도 나왔어. 낫지는 않더라도 통증은 덜었지. 큰 종기의 고름을 짜내는 것도 녹슨 나이프로 째는 의사 나리의 솜씨로는 환자가 이리 뒹굴 저리 뒹굴 하며 비명을 지르지만, 딸이 와서 등 뒤에 가슴을 바싹 대고 어깨를 잡고 있으면 고통을 참을 수 있었다나봐.

언젠가는 그 돌팔이 의사의 집 앞에 있는 오래된 비파나무에 말벌이 와서 엄청나게 큰 집을 지었어.

그때 의사의 집에는 구마조라고 하는 스물네댓 살 된 청년이 기거하고 있었는데, 그자는 약도 짓고 집 안 청소도 하는가 하면, 채소밭의 감자도 캐고 가까운 곳에는 인력거를 몰고 가기도 하는 제자 겸 하인이었다네. 그 청년은 묽은 염산에 시럽 섞은 것을 병에 몰래 담아가지고 모모히키나 하카마* 같은 옷가지와 함께 선반 위에 올려놓고는 틈만 나면 홀짝홀짝 마셔대곤 했지. 의사 선생 집이 워낙 인색하다보니 들켰다간 혼쭐이 나니까 말이야. 여하튼 그 구마조가 마당 청소를 하던 차에 그 벌집을 발견했다나봐.

구마조는 툇마루로 와서 아가씨, 재미있는 걸 보여드리겠습니다. 무례한 줄은 알지만 제 손을 잡아주시면 저 벌집 속에 집어넣어 벌을 잡아보겠습니다. 아가씨의 손이 닿은 곳만은 쏘여도 아프지 않을 겁니다. 대빗자루로 후려치다가 사방팔방으로 흩어져 온몸에 달라붙는

* 일본 옷의 겉에 입는, 허리 아래를 덮는 하의.

다면 그건 못 견디고 즉사하겠지만요, 하고 그저 웃기만 하는 딸에게 제 손을 억지로 잡게 하고는 성큼성큼 걸어갔어. 이윽고 벌이 윙윙거리는 요란한 소리가 들리더니, 돌아온 구마조의 왼손에 말벌이 일고여덟 마리나 붙어 있었어. 날갯짓을 하는 놈도 있고, 다리를 바르르 떠는 놈도 있고, 개중에는 움켜쥔 손가락 틈새로 기어나오는 놈도 있었지.

저 여신님의 손이 닿으면 총알도 뚫지 못할 거라는 소문이 거미줄 치듯 사방팔방으로 퍼졌네.

그 무렵부터 어느덧 신비한 능력을 터득한 모양이야. 이런저런 사정으로 그 바보에게 몸을 맡긴 채 산에 틀어박혀 지내게 된 다음부터는 사람의 지혜로는 도저히 헤아릴 수 없는 불가사의한 경지에 이르러 해를 거듭할수록 자유자재로 영묘한 힘을 부리게 되었지. 처음에는 몸으로 밀어붙였던 것이 다리만으로도 되었고, 그다음에는 손끝으로도 되더니, 나중에는 털끝 하나 건드리지 않고도 길 잃은 나그네를 자기 마음대로, 입김 한 번으로 바꿔버리는 거였어.

그때 영감이 이렇게 이야기하더군.

'스님은 외딴집 주위에서 원숭이를 보았지? 두꺼비를 보았지? 박쥐도 보았지? 토끼랑 뱀도. 다 아가씨가 끼얹은 계곡물을 뒤집어쓰고 짐승이 된 것들이야!'

아아, 그 여자에게 두꺼비가 달라붙은 것도, 원숭이가 껴안은 것도, 박쥐가 피를 빤 것도, 그리고 한밤중에 온갖 잡귀들이 들이닥친 것까지도 한꺼번에 머릿속에 떠오르면서 어떤 깨달음이 절절히 가슴속을 파고들었네.

영감은 또 이렇게 말했어.

'지금 같이 사는 그 바보도 평판이 자자하던 시절에 의사에게 진찰을 받으러 온 환자였지. 그 무렵은 아직 어릴 적이라, 소박하고 말수 적은 아버지가 동행하고 머리가 긴 형이 업어서 산을 나왔어. 다리에 난 종기 때문에 골치를 앓아왔는데, 그 의사에게 치료를 부탁하러 온 거지.

처음부터 방 하나를 빌려서 머물렀는데, 이 정도 병이면 큰일이다, 피도 꽤 많이 날 텐데, 특히 아직 어린애니까 수술을 하려면 먼저 몸에 기력부터 키워야 한다며 우선 하루에 날달걀을 세 개씩 먹게 하고 안심시키기 위해 고약을 붙여두었어.

그 고약을 떼어내는데, 아버지랑 형, 또 곁에 있던 사람들이 손을 대니까 부스럼 딱지가 되어 딱딱하게 굳은 것이 살에 달라붙은 채로 우지직 하며 떨어지는 바람에 엉엉 울어댔지. 하지만 의사의 딸이 손을 대자 잠자코 견뎌냈네.

실은 의사 선생이 손쓸 방도가 없다보니 몸이 쇠약하다는 핑계로 하루하루 미루었던 거야. 사흘이 지나자 아버지는 형만 남겨두고 산으로 돌아갔어. 성실한 아버지는 인사를 하고는 무릎걸음으로 뒷걸음치면서 현관에서 봉당으로 내려갔다네. 그러고는 짚신을 신고 땅에 손을 짚으며 둘째 녀석의 목숨을 살려주십사, 하고 몇 번이나 말했지.

그래도 좀체 병세가 호전되지를 않고 일주일이나 지났네. 그러자 뒤에 남아서 동생을 보살피던 형이, 마침 추수철이라 요즘엔 손이 열 개라도 모자랄 지경이랍니다, 하늘을 보아하니 비가 올 날씨입니다, 장마라도 드는 날에는 산속에 있는 밭에서 더할 나위 없이 소중한 벼가 썩어서 굶어 죽게 됩니다. 맏이인 제가 일을 제일 열심히 해야 하는데 이러고 있을 수가 없어요, 하고 양해를 구했다네. 그러고는 울지 말고 잘 지내야 한다고 조용히 타이르고 환자를 남겨둔 채 돌아갔지.

그 뒤로 아이 혼자 남게 된 거야. 관청의 호적부상으로는 그때 나이가 여섯 살이었어. 부모가 예순이고 아이가 스물이면 징병은 눈감아준다고 잘못 알아서 실제 나이는 열한 살이었는데 신고하는 게 오 년이나 늦어진 거야. 깊은 산속에서 자란 탓에 마을 말도 변변히 알지 못하지만, 그래도 날 때부터 영리해서 그런지 말귀는 잘 알아들었어. 꾸준히 하루에 세 개씩 날달걀을 챙겨먹었던 것도 머잖아 치료할 때가 되면 남김없이 피가 되어 나올 거라고 알고 있었기 때문이지. 울상을 지으면서도 형이 울지 말라고 했다며 꾹 참고 있던 그 아이의 마음속이 어땠을 것 같은가?

인정 많은 딸의 배려로 의사 식구들과 함께 식사할 수 있게 상을 차려주면 단무지 조각을 입에 물고 구석으로 가 틀어박히는 애처로움은 또 어떻고.

드디어 수술 날짜가 하루 앞으로 다가온 밤이었어. 모두 잠들어 조용해졌는데, 볼일을 보려고 일어난 딸이 훌쩍훌쩍 모기 소리로 울고 있는 아이를 발견했지. 딸은 그 모습이 너무 안쓰러워 보였는지 품에 안고 같이 자주었네.

자, 다음날이 되어 이제 치료를 하게 되었어. 여느 때와 같이 딸이 뒤에서 안고 있으니까 진땀을 흘리면서도 칼이 들어오는 것을 용케 잘 참았네. 그런데 어디를 잘못 찢었는지 그 뒤로 피가 계속 멎지를 않고 순식간에 얼굴색이 변하면서 위험한 상태가 됐어.

의사도 새파랗게 질려서 허둥댔지. 신이 도왔는지 간신히 목숨은 건지고 사흘 만에 피도 멎었지만, 결국 일어서지를 못하더니 그때부터 불구가 되고 말았어.

몸을 질질 끌고 다니던 그 아이는 자기 다리를 보면서 딱한 표정을 지었어. 그게 마치 귀뚜라미가 뜯어진 제 다리를 물고 우는 모습처럼 보여서 차마 눈 뜨고 볼 수가 없었다네.

견디다 못해 끝내 울음을 터뜨리니 의사 선생은 세인의 이목도 있고 한지라 조바심이 나서 무서운 얼굴을 하고 노려보았어. 그러자 보기에 안쓰러웠던지 딸이 아이를 안아올렸고, 아이는 딸의 가슴에 제 얼굴을 감추며 매달렸다네. 그 모습을 보자, 오랜 세월 동안 많은 환자를 상대해온 의사도 어쩔 수 없다는 듯 단념하고는 팔짱을 끼고 한숨만 푹 내쉬었어.

얼마 안 있어 아이 아버지가 데리러 왔네. 이것도 다 팔자려니 하고 체념하면서 별다른 불평을 하지는 않았지만, 워낙 아이가 딸한테서 안 떨어지려고 하는지라 의사도 마침 잘됐다 싶었지. 변명도 하고 아버지와 형의 마음도 달래줘야겠다는 생각에 딸에게 아이를 집까지 바래다주라고 했네.

그때 바래다준 곳이 바로 그 외딴집이었던 거야.

그 시절만 해도 그곳은 아직 작은 촌락을 이루고 있을 때라, 집이 스무 채 가까이 있었다네. 딸은 오고 나서 하루 이틀 시간이 흐르면서 그만 인정에 이끌려 그 뒤로도 계속 그 집에 머무르게 되었지. 그런데 딸이 온 지 닷새째 되던 날부터 큰 비가 내리기 시작한 거야. 폭포를 뒤집어엎은 듯이 잠시도 멈추지를 않고 퍼붓는 바람에 집 안에서조차 다들 도롱이에 삿갓 차림으로 비를 막으며 견뎌낼 정도였다네. 지붕을 새로 이는 건 엄두도 못 낼 일이었지. 그건 고사하고, 바깥문도 못 열고 집 안에 있으면서 이웃끼리 '어어이, 어어이' 하며 서로 말을 걸어 간신히 아직 세상에 사람의 씨가 마르지 않았다는 걸 알 수 있을 뿐이었어. 비가 내린 팔 일이 마치 팔백 년처럼 느껴질 만큼 빗속에 틀어박혀 지냈는데, 구 일째 되는 날 한밤중부터 강풍이 불기 시작했네. 그 폭풍우의 기세가 최고조에 이르렀을 때 그곳은 별안간 흙탕물 바다로 변했지.

그 홍수에서 살아남은 건 희한하게도 딸과 아이, 그리고 그때 마을에서부터 같이 동행을 했던 이 노인네뿐이었네.

그때의 물난리로 의사 일가도 멸족했어. 그 때문에 그런 미녀가 외딴 시골에서 태어난 것도 세상이 바뀌고 대가 바뀌는 전조일 거라는 이야기가 그 고장 사람들의 입에서 입으로 퍼져 나갔다네.

돌아갈 집도 없이 세상에 홀로 남은 아가씨가 아이와 함께 산에 머물러 지내게 된 것은 스님이 본 대로야. 또 그 바보 곁에서 지극정성으로 수발을 들고 있는 것도 본 그대로이고. 홍수가 난 지 십삼 년, 이날 이때까지 하루도 변함이 없다네.'

여기까지 말하고 영감은 또 기분 나쁘게 씩 웃었어.

'이런 이야기를 들으니 아가씨의 신세가 딱하게 여겨져서 땔나무를 꺾거나 물 뜨는 거라도 거들어주고 싶다는 연민의 정이 일 게야. 원래는 색정에 불과한 것을 마음에도 없는 자비니, 연민의 정이니 하는 이름을 핑계 삼아 차라리 산으로 돌아가고 싶겠지? 하지만 관두쇼. 그 아가씨는 그 바보의 마누라가 되어 세상일에는 아무런 관심도 없는 대신 뭐든 자기 마음먹은 대로 해버리니까. 마음에 드는 남자를 고른 뒤 질리게 되면 입김을 불어 짐승으로 만들어버리지. 특히 그 홍수 이후로 산을 꿰뚫고 흐르는 이 계곡물은 하늘이 내리신, 남자를 유혹하는 신비스러운 물이네. 목숨을 뺏기지 않은 자가 없지.

하지만 마계에도 삼열(三熱)의 고통*이 있는 법. 그 아가씨 역시 머리카락이 헝클어지고, 피부색이 창백해지며, 가슴이 마르고 손발이 여위기도 하지. 하지만 계곡물만 뒤집어쓰면 원래대로, 그야말로 물이 뚝뚝 떨어질 듯 싱싱해져. 손짓하여 부르면 살아 있는 물고기도 오고, 매섭게 노려보면 아름다운 나무 열매도 떨어지지. 소매를 치켜들면 비도 내리고, 찡그린 얼굴을 펴면 바람도 분다네.

게다가 선천적으로 색을 좋아해. 특히 젊은 놈들을 좋아해서, 스님에게도 뭔가 한마디 했겠지만 그걸 곧이곧대로 믿어봤자 소용없네. 얼마 안 있어 아가씨가 싫증이 나면 꼬리가 나오고, 귀가 움직이고, 발이 길어지면서 모습이 변할 뿐이지.

아니, 얼마 안 있어 이 잉어를 요리해 책상다리를 하고 앉아서 먹을 마신(魔神)의 모습을 보여주고 싶네.

그러니 헛된 망념일랑 떨쳐버리고 어서 이곳을 떠나시게. 목숨을 부지한 것만 해도 신기할 노릇이야. 이게 다 아가씨의 특별한 자비 덕분일세. 하늘의 도움으로 죽을 목숨을 건진 젊은이, 수행에 정진하시게나.'

영감은 이렇게 말하고는 또 한 번 내 등을 두드렸어. 그러고는 잉어

---

* 불교에서 용이나 뱀이 겪는 세 가지 고통. 열풍과 열사에 뼈와 살이 타는 것, 악풍이 불어대 거처와 의복을 잃는 것, 금시조에게 자녀가 잡아먹히는 것을 말한다.

를 손에 든 채 뒤도 한 번 안 돌아보고 산길을 올라갔지.

영감의 모습이 점점 작아지더니 일대의 큰 산 뒤로 쏙 들어가버리더군. 그러자 갑자기 그 산 꼭대기로부터 구름이 뭉게뭉게 피어오르더니만 하늘을 온통 뒤덮었어. 이윽고 폭포 소리도 삼켜버릴 듯 우렁찬 천둥소리가 울려 퍼졌다네.

넋이 나간 듯 서 있던 나는 정신이 퍼뜩 들었어. 그쪽을 향해 절하자마자 지팡이를 옆구리에 끼고 삿갓을 기울이고는 발길을 돌려 허둥지둥 달음박질을 쳐서 내려갔는데, 마을에 당도할 무렵 산에서는 소나기가 퍼붓고 있었어. 영감이 여자에게 갖다준 잉어도 그 덕에 살아서 외딴집에 도착했겠구나 싶은 생각이 들 정도로 큰 비였지."

고야산 스님은 이 일에 관해서 구태여 특별히 말을 덧붙여 가르침을 주려고 하지는 않았다. 하지만 다음날 아침 헤어져 눈 덮인 산을 넘는 모습을 아쉬운 마음으로 바라보고 있자니, 나풀나풀 흩날리는 눈 속을 걸어 비탈길을 올라가는 스님의 모습이 마치 구름을 타고 올라가는 것처럼 보였다.

초롱불 노래

1

"아쓰타*의 명물은 삶은 무 요리.** 이 고장 미야시게 무***로 만드네. 아쓰타신궁(熱田神宮) 기둥 위엄 있게 서 있네. 아쓰타의 신의 가호로 칠 리 뱃길 거친 파도 잔잔해져 나룻배로 무사히 구와나****에 도착했을 때는 너무나 기쁜 나머지……"

이렇게 읊조리듯 혼잣말로 『도카이도 도보 여행기』***** 5편 상(上)

---

* 나고야의 남부 지구로, 에도 시대에 도카이도 최대의 역참마을로 번영을 이루었다.

** 무를 둥글게 썰어 푹 삶은 뒤 된장 양념을 발라 먹는 요리.

*** 아이치현 미야시게가 원산지로, 부드러운 육질에 단맛이 특징이다.

**** 미에현 북동부 이세만(灣)에 인접해 있는 도시. 에도 시대에는 오와리와 7리 해로의 나루터로 이어져 있어서 역참마을로 번영을 누렸다.

***** 『도카이도 도보 여행기(東海道中膝栗毛)』(1802~1814)는 에도 시대의 인기작가 짓펜샤 잇쿠(十返舎一九, 1765~1831)의 골계본(익살스러운 통속소설)으로, 야지로베

의 첫머리 부분을 읽기 시작하는 소리가 들려온다. 때는 음력 11월 중순 어느 어스름한 달밤. 맑디맑은 밤공기 속에 별이 목욕재계한 듯 교교한 달빛이 스며든다. 그 달빛을 받아 선로 위 육교를 건너는 사람의 그림자가 높이 드리웠다. 깜빡거리는 등불이 눈 밑에 비치는 가운데 여기저기 앙상한 가지만 드러낸 나무들을 바라보며 구와나 정거장에 내려선 여행객이다.

그가 입은 새까만 외투는 달그림자에 제법 잘 어울려 보였지만, 여윈 몸에 비해 품이 좀 커서 헐렁해 보였다. 머리에 쓴 암갈색 중절모는 아주 새것인 건 좋다 쳐도, 옴폭 팬 모자 꼭대기가 익숙지 않은지 비죽 솟은 산 모양을 만들어서 챙이 귀를 쏙 덮을 정도로 깊게 눌러 썼다.

게다가 행여나 바람에 날려 벗겨지는 일이 없도록 모자 끈을 쭈글쭈글한 뺨에 대롱대롱 드리웠다. 그 모양새가 마치 요즘 세상에 『도카이도 도보 여행기』의 주인공처럼 삿갓을 쓰고 다닐 수는 없는 노릇이라 하는 수 없이 단념하고 대신 중절모를 챙겨 쓴 것처럼 보였다. 나이는 예순두셋쯤 되어 보이지만, 마음만은 젊고 활기찬 모습이 흡사 『도카이도 도보 여행기』에 나오는 야지로베와도 같았다.

그는 그다지 무거운 짐은 아닌 듯 당초무늬의 우단 가방에 천으로 된 자루의 아가리를 묶어 한 손에 들고 다른 한 손에는 박쥐우산을 짚고 서서 이렇게 말했다.

"자, 여기가 바로 '너무나 기쁜 나머지 명물인 대합구이에 술잔을

와 기타하치, 두 에도 남자가 실패를 거듭하면서 도카이도, 교토, 오사카를 여행하는 익살스러운 이야기이다.

주고받고'라고 본문에 적혀 있는 곳이지. 여관에 도착하기 전에 정거장 앞 주막 같은 데서 한잔 걸치고 갈까? '어때, 기타하치?'라고 책에 나오는 야지로베처럼 말을 하고 싶은데, 자네는 손윗사람이라 좀 뭣하구먼. 하지만 말이야, 원조인 야지로베 님도 이세길*에서 길동무인 기타하치가 먼저 숙소를 구하러 앞서가는 바람에 그와 떨어져서 홀로 여행길을 터벅터벅 걷게 되었지. 친구를 찾기 위해 여기저기 여관을 찾아 헤매다 지쳐서 결국에는 울음을 터뜨릴 뻔했다고 적혀 있지 않나. 그런데 자네는 소나무 가로수에서 생긴 길동무 격일세.** 어디, 그 길동무와 한잔 하지 않겠나? 어떤가, 네지베 씨?"

"또 시작이군."

동행인 노옹(老翁)은 이렇게 말하며 언짢은 표정으로 얼굴을 일그러뜨렸다. 영감보다 네댓 살은 더 들어 보이니 아마도 일흔 고개를 바라보는 나이일 것이다. 해달 가죽으로 만든 챙 없는 낡은 모자를 흰 눈썹 있는 데까지 뒤집어쓰고, 쥐색 모직 외투에 폭이 넓은 모모히키를 입고, 흰 버선 위에 셋타***를 신은 차림이었다. 그리고 색 바랜 등색 보자기로 싸서 한가운데를 끈으로 맨 보따리를 갖고 있었다. 그 보따리를 한쪽 어깨에서 반대쪽 옆구리로 비스듬히 걸머지고는 가슴 언저리에서 묶어놨는데, 역시 그도 한 손에는 천으로 된 자루를 들었다. 다른 한 손에 지팡이를 짚긴 했지만 허리와 다리는 아직 튼튼한, 인품

---

* 이세신궁(伊勢神宮)으로 이어지는 가도와 그 주변에 붙여진 지명.

** 『도카이도 도보 여행기』의 두 주인공은 여행 도중 우연히 나그네를 가장한 도둑 주키치와 길동무를 하여 그에게 수중에 있는 돈을 다 털리게 된다.

*** 죽순 껍질로 만든, 바닥에 가죽을 댄 샌들 모양의 신발.

좋아 보이는 노인이다.

"거, 네지베라 부르는 건 그만두게나. 남들이 들으면 뭐라 하겠나. 길동무라 하는 건 괜찮지만, 여행 도중에 소나무 가로수에서 나타났다느니 뭐니 하니까 왠지 내가 나그네를 가장한 소매치기라도 되는 것처럼 들리지 않는가."

노옹은 이렇게 말하면서 지팡이로 한 번 툭 치더니 동행을 앞질러서 재빨리 개찰구를 빠져나갔다.

영감은 짐짓 한 발을 뒤로 벌려 우스꽝스러운 자세를 하고는, 마치 제 자식의 못된 행실을 꾸짖기 위해 발길을 서두르는 뒷방 노인네 같은 동행의 뒷모습을 힐끗 쳐다보면서 이렇게 말했다.

"바로 이거야. 이런 모습이 꼭 네지베 같다니까? 내가 소나무 가로수에서 나타났다고 말한 게 꼭 나그네를 가장한 소매치기를 뜻한 건 아닌데 말이야. 하긴 젊었을 적에는 했을지도 모르나? 하하하!"

남은 안중에도 없다는 듯 혼자 신이 나서 껄껄거리며 웃고 있는데, 갑자기 누군가가 낚아채듯 그의 손에서 표를 빼어들었다. 깜짝 놀라 어리둥절해하며 쳐다보니 역무원이 고지식해 보이는 얼굴로 이쪽을 바라보고 있는 게 아닌가.

그도 그럴 것이, 이 영감이 개찰구를 빠져나온 마지막 사람이었던 것이다. 뭘 어정거리다가 이렇게 시간을 허비했는지, 기차는 이미 저만치 멀리서 이곳의 명물 대합구이처럼 흰 연기를 달빛 아래 토해내면서, 창백한 들길을 반짝반짝 비추며 지나가고 있었다.

"이제 이곳을 떠나 길을 찾아가는 참에 어디 나그네의 노래나 들어보세."

영감은 정거장 밖으로 나오더니 또다시 이렇게 천연덕스레 읊조려 댔다.

"네지베 씨, 참 좋은 가사야. 이거 말일세……

달짝지근 조갯살 대합구이 맛보소,
아쓰타 여인네*의.
……어히, 어어히, 거 참 잘됐네."

"나리, 어디까지 가시는지요?"

정거장 앞 으슥한 곳에 어렴풋이 보이는 네댓 대의 인력거가 손님을 기다리며 쓸쓸히 늘어서 있었는데, 그 인력거꾼들 중 하나가 팔짱을 끼고 어슬렁어슬렁 나오며 이렇게 말하는 것이었다.

이 말을 들은 야지로베는 한쪽 입가를 삐딱하게 치켜올리며 히죽 웃었다.

"고맙네. 때마침 잘 왔구먼. 그런데 기왕이면 이렇게 말을 꺼냈어야지. '나리님들, 마침 돌아가는 참이니 제 말을 타고 가시지요'라고 말이야."

인력거꾼은 "아, 네"라고 대답했지만, 어리둥절한 얼굴을 하고는 그대로 그 자리에 우뚝 섰다.

* 원문에는 '오카메'라는 명칭으로 나온다. '메시모리온나(飯盛女)'라고 하는, 에도 시대에 역참의 여관에서 손님의 식사 시중을 들면서 매춘도 하던 여자를 가리킨다.

2

영감은 외투 소매를 펄럭이며 술에 취한 사람처럼 말했다.

"이봐, 거 말이지, 부탁이니 제발 '마침 돌아가는 참이니 제 말을 타고 가시지요'라고 연극조로 한번 말 좀 해봐."

"아, 네. '마침 돌아가는 참이니 제 말을 타고 가시지요'라고 하면 됩니까요? 마침 돌아가는 참이니 제 말을 타고 가시지요."

인력거꾼은 고지식한 얼굴로 냉큼 말했다.

"하하하하, 뒤에서 누가 쫓아오는 모양일세그려. 무슨 말을 그렇게 숨도 안 쉬고 하는가?"

영감은 이렇게 말하면서 또 껄껄거리며 웃었다.

"자, 나리 어서 타시지요."

인력거꾼은 타고 가는 걸로 정해진 셈치고 더이상 야지로베의 말은 신경 쓰지 않은 채 제자리로 돌아가 채를 잡고 출발할 채비를 했다.

영감은 눈도 깜빡이지 않고 짐짓 그쪽을 쳐다보면서 말했다.

"어히, 어어히, 인력거 따윈 됐네."

"아니, 뭐가 됐다는 겐가?"

노옹이 대나무 지팡이에 말라빠진 국화처럼 매달린 채 홀로 우두커니 서서 말했다. 머리 위에 하얗게 서리가 내린 노옹은 달빛 아래 차가운 밤공기 속에서 나그네의 시름을 절절히 느끼는 모습으로 말했다.

"인력거나 잡아탈 것이지 뭘 꾸물거리는 겐가? 이렇게 짐도 있는데다, 어디가 어딘지도 모르는 이런 낯선 고장에서 뭘 믿고 어슬렁거릴 생각인지 원!"

노옹은 거의 투덜거리듯 잔소리를 늘어놓는 것이었다.

"아니, 우선 한 번 '됐네'라고 말을 꺼내지 않으면 본문이랑 맞지를 않지. 거기에 기타하치가 끼어들어서 '예순네 푼 가지고 탈 수 있소?'라고 물으면 마부가 '그럼 됐소, 됐어'라고 말하고, 말이 히히힝, 히히힝 하며 울지."

"젊은이, 이 사람은 상관 말고 어서 인력거나 끌게. 강어귀의 미나토야(湊屋)라는 여관으로 가세."

"예, 두 대로 모시면 될깝쇼?"

"한 대든 두 대든 상관없네. 어쨌거나 서둘렀으면 좋겠네만……"

노옹은 이렇게 말하고 자리에 올라타 손잡이를 붙잡은 채로 셋타를 신은 발을 발돋움한 뒤 발판 위에 얹어놓은 가방을 다리 사이에 끼고 앉았다. 목에 걸친 보자기 보따리는 벗지도 않은 채 덜렁덜렁 매고 있었다.

"죽은 뒤 극락정토에서 같은 연꽃 위에 태어난다는 말도 있지 않소. 끝까지 행동을 같이해야지. 살아도 같이 살고 죽어도 같이 죽고 말이야. 네지베, 기다리라고!"

영감은 킬킬거리며 웃고는 자신도 인력거에 점잖게 올라탔다……

"미나토야로 가자고!"

"예이."

그리하여 두 대의 인력거가 달빛 아래 초롱불 빛 노랗게 비추면서 광장 끄트머리를 향해 내달렸다…… 덜컹거리면서 울퉁불퉁한 돌길, 널담으로 이어진 골목길, 토담길을 지나 지름길을 요리조리 누비며 빠져나가는가 싶더니, 이윽고 인적이 끊긴 한적한 곳을 몇 번인가 돌았다. 얼마 안 있어 차양으로 달빛을 가린 이층집들이 죽 늘어선, 실낱처럼 폭이 좁은 거리로 들어섰다. 양쪽 어두운 처마에 걸어놓은 초롱불이 드문드문 하얗게 빛났고, 시든 버드나무 가지에 별빛이 흩어졌다. 군데군데 푸르스름한 벽이 달빛 아래 모습을 드러냈다. 기다란 거리의 막다른 곳에는 화재 감시용 망대 사다리가 먼 산에 핀 안개를 뚫고 솟아나와 경종(警鐘)을 꽃처럼 꽂아놓은 듯했다…… 불조심하라며 야경꾼이 울려대는 쇠지팡이 소리에 이슥해져가는 밤풍경. 초목이 서리를 맞아 시드는 계절이긴 하지만, 달이 아직 격자문에 걸려 있는데도 구와나의 기생들은 초저녁부터 잠자리에 든 것 같았다. 나그네들을 태운 인력거가 이 한적한 유곽에 다다랐다.

인력거 바퀴살 밑으로 물 흐르듯 지나가는 길은 좁다란 수은(水銀)강과도 같다. 검은 기둥이 있는 집들을 스쳐 지나가니 철교를 건너는 게 아닌가 싶은 착각이 든다. 마치 수달이 생선을 잡아서 죽 늘어놓고 한바탕 축제라도 벌이려는 듯, 백지에 경묘한 글귀를 적어놓은 제등(提燈)이 집 앞에 줄지어 내걸려 있다.

노옹을 태우고 앞서 달려가던 인력거가 갑자기 멈춰 섰다.

"저 소리 좀 들어보게!"

쥐 죽은 듯 괴괴하던 한 줄기 유곽 거리에 홀연히 노랫가락이 흐르는가 싶더니, 용마루 기와에까지 메아리쳐 울려 퍼져 바퀴 소리마저 멎게 할 정도였다. 저 멀리 여울 물결을 강가로 끌어들여 천 리 길도 한결같은 물 위에 뜬, 지쿠젠* 앞바다의 달빛을 샤미센의 은빛 줄로 끌어당기는 듯, 별빛에 반짝이는 구슬픈 노랫소리.

하카타 오비 매고 지쿠젠 매듭 염색.**
시골 여인으로는 보이지 않네,
버드나무 길 따라 거니는 모습.

이런 하카타 민요*** 가락이 들려왔다…… 바로 눈앞에 있는 처마 그늘 아래에…… 우동이라고 빨간 글씨로 쓴 간판 앞에 흰 수건으로 얼굴을 감싼 날씬하고 마른 체구의 사내 모습이 보였다. 사내는 옆으로 몸을 틀고 고개를 숙인 채 그저 그림자처럼 우두커니 서 있었다.

네지베가 갑자기 인력거 위에서 목덜미에 보따리를 맨 채 뒤를 돌

---

* 筑前. 옛 지명으로, 현재의 후쿠오카현 북서부에 해당한다.

** 천을 군데군데 접어모아 실로 단단히 묶은 뒤 염료에 담가 채색 무늬를 만드는 염색법. 홀치기염색.

*** 후쿠오카현 하카타(博多) 지방 민요로, 화류계의 연회석에서 부르는 노래이다.

아보더니 뒤쪽에 대고 뭐라고 말을 걸었다…… 그와 동시에 야지로베의 인력거도 마침 거리 속 어디선가 들려오는 그 구슬픈 노랫소리를 언뜻 듣고 갑작스레 멈춰 섰다. 그러나 이야기의 의미가 채 통하지 않은 가운데 네지베의 인력거가 그대로 또다시 움직이기 시작한다…… 뒤에 있는 인력거도 뒤이어 달리기 시작한다. 두 대의 인력거가 거의 닿을락 말락 하게 옆으로 가까이 다가서다가, 다시 원래대로 앞뒤로 늘어서서 달밤의 거리를 내달렸다.

3

달님이 소나무 그늘 사이로 사알짝 나와
어머, 영차 이영차.

달빛 머금은 앞바다 물결 속에 샤미센 발목(撥木)*을 휙 던지듯 서리를 탁 털어내더니 노랫소리가 뚝 멈췄다…… 우동 가게 문간에서 하카타 민요를 연주하던 사내는 샤미센을 비스듬히 세워 들어 현을 잡고 있던 손을 떼고는 손잡이로 타듯 발목을 반대 방향으로 고쳐 쥐었다. 그러고는 어슴푸레 불그레한 그 가게의 판자 미닫이를 쓰윽 하고 열었다.

---

* 샤미센의 현을 탈 때 쓰는 은행나무 모양의 도구로, 재질은 나무나 상아, 물소 뼈 등이다.

"실례합니다."

감싼 얼굴 사이로 드러난 시원스러운 눈매가 솥에서 뿜어져나오는 뿌연 김 너머로 보였다. 계산대 모퉁이에 가랑이를 벌리고 걸터앉아 사내의 노랫소리를 넋을 잃고 듣고 있던 주인은 갑자기 가게에 들어선 사내를 보고 놀란 표정을 지었다. 소맷자락 없는 감색 상의에 감색 줄무늬 앞치마를 두르고 초록색 모모히키에 옷 뒷자락을 걷어지른 주인은 불쑥 일어나더니만 이렇게 말하는 것이었다.

"줄 돈 없소!"

거, 얌체 같기는…… 아마도 가게 주인은 마침 자기 집 앞에서 떠돌이 악사가 노래를 부르는 바람에 노래 한 번 공짜로 잘 들었다고 생각하면서, 설령 그 사내가 들어온다 해도 '줄 돈 없소!'라는 말을 내뱉어서 끝까지 돈을 주지 않고 버텨야지, 하고 마음먹고 있다가 막상 이렇게 사내가 얼굴을 폭 감싸고 가게 안으로 불쑥 들어오니 무척 당황한 모양이다. 하기야 그때 가게 안에 손님은 단 한 명도 없었으니 더 더욱 놀랄 만도 하다.

떠돌이 악사는 태연한 얼굴로 뒤로 손을 돌려 문을 닫으면서 샤미센을 비스듬히 들고 안으로 쓱 들어왔다.

"예, 주인장은 돈을 안 주셔도 상관없소이다. 어차피 노래도 주인장이 부르라고 해서 부른 것도 아니고, 여기도 내 발로 들어온 거니까. 거, 부인, 내 말이 맞지요?"

사내의 목소리에는 왠지 자조적인 웃음소리가 섞여 있는 듯했다.

실은 안주인 역시 사내가 부르는 하카타 민요에 넋을 잃고 자욱하게 김이 서린 솥 앞에 멍하니 서 있었던 것이다…… 안주인은 옥색

다스키*로 걷어맨 기모노 소맷자락 밑으로 하얗게 드러난 팔을 두꺼운 솥뚜껑에 살짝 얹고 있었다. 마루마게** 머리모양을 하고 하얀 얼굴빛에 이를 검게 물들인*** 젊은 아낙네였다. 그 순간 안주인은 눈시울이 붉어지는가 싶더니, 딸깍딸깍 나막신 소리를 내며 부뚜막 앞을 빠져나와 주인의 무릎 앞으로 비스듬히 몸을 숙여 계산대 돈궤에 손을 쑥 집어넣었다.

"아아, 신경 쓰시지 않아도 됩니다."

떠돌이 악사는 점잖게 말했다.

"농담인 걸요. 돈을 요구하러 온 게 아니올시다. 손님으로 온 겁니다. 손님으로 말이오."

좁고 긴 봉당 한편에는 바둑판 모양의 무늬가 들어간 여섯 장 정도 넓이의 때 묻은 다다미가 세로로 들어서 있었다. 그곳에 올라가면 앉을 수 있는 것을, 악사는 구태여 솥 쪽에 가까운 긴 의자 위에 발을 뻗었다.

"도무지 날씨가 추워서 견딜 수가 있어야죠. 그래, 한잔 얻어 마실까 해서 말이오. 거, 주인장, 결코 폐를 끼치러 들어온 건 아니올시다."

그러고는 얌전하게 얼굴을 감쌌던 수건을 풀고 보니, 웬걸, 폐를 끼치기는커녕 이목구비가 뚜렷한데다 갸름한 얼굴을 한 미남이 아닌가.

* 일본 옷을 입고 일할 때, 소매를 양 어깨와 겨드랑이 사이에 ×자형으로 걷어매는 어깨끈.

** 결혼한 여성의 머리모양의 하나로, 머리 뒷부분을 평평한 타원형으로 틀어올린 머리이다.

*** 결혼한 여자들이 이를 검게 물들이는 풍습은 1910년대 초반까지 이어졌다.

눈두덩이 초췌해 보이기는 해도 맑은 눈에 짙은 눈썹을 한, 스물여덟 아홉의 인품 좋아 보이는 청년이었다.

"헤헤헤, 이거 기분 나쁘게 해드렸다면 죄송합니다."

주인은 앞으로 나아와 두 손을 비비더니 다시 말을 이었다.

"하지만, 요즘 이런 날씨가 계속되니 저희는 얼마나 다행인지 모릅니다."

그러면서 아무것도 없이 썰렁하게 연기에 그은 천장을 힐끔힐끔 쳐다보더니만, 이내 계산대 위의 가미다나(神棚)* 쪽으로 눈길을 돌렸다.

"악사님."

안주인은 앞치마를 살짝 만지작거리더니 "따끈한 청주로 하시겠어요?"라며 생긋 웃어 보였다.

떠돌이 악사는 벗어놓은 수건 위에 샤미센 발목을 올려놓고는 앞에 매고 있던 샤미센을 빙그르르 뒤로 돌려 허리 쪽으로 가져갔다. 그러고는 한쪽 무릎을 살짝 들더니 긴 의자 위에 맨발로 책상다리를 했다.

악사는 옷자락을 겨드랑이에 끼고 이렇게 말했다.

"그럼 어서 한 병 내주시오, 좋은 술로."

"네, 제일 좋은 걸로 내올게요."

안주인은 봉당을 옆걸음질 쳤다. 그러고는 왼쪽 다다미에 차려놓은 화로 속을 부젓가락으로 마구 긁고 쑤셔대더니, 이내 빨갛게 달아오르자 그것을 떠돌이 악사에게 쓱 하고 밀어놓았다.

---

* 집 안에 설치하는 가정 신단(神壇).

"자, 여기 불 좀 쬐세요."

"고맙소."

악사는 이렇게 말하더니 화로를 거칠게 옷자락으로 와락 끌어안고는 호오, 하고 입김을 길게 한 번 내뱉었다.

"떠돌이 인생이 이렇게 따뜻한 숯불을 대하면 고향 생각이 나서 몸이 더 시려오는 법이죠. 못 참겠군. 부인, 거 술을 아주 따끈하게 데워주시구려. 보시다시피 몇 모금만 마시고도 얼근하게 취하려는 인색한 습성이 몸에 배어 있다보니. 그렇죠, 주인장?"

"헤헤헤, 여보, 그거 엄청 뜨거울 텐데."

안주인은 검게 물들인 앞니를 예쁘게 드러낸 채 웃으면서 말했다.

"네, 네."

4

"그런데 그 뭐냐, 방금 요 앞을 나그네를 태운 인력거 두 대가 지나가던데……"

악사가 비운 술잔으로 문 쪽을 가리키며 말했다.

"예서 두세 정쯤 떨어진 데서, 왼쪽으로 지붕이 제법 커 보이는 집 앞에 멈춰 서던데, 달빛을 받아서 푸르스름하게 보이더군요…… 거기는 뭐죠? 여관인가요?"

"미나토야죠? 네, 여보?"

안주인이 솥 앞에서 주인 쪽을 돌아다봤다.

"미나토야. 그래, 미나토야, 미나토야. 이 고장에서는 여관이 거기 한 채밖에 없죠. 오래된 집이지만 유명한 곳이랍니다. 전에는 큰 유곽이던 게 여관으로 바뀌었죠. 방들도 고풍스러운 모습을 그대로 유지

하고 있고요. 거실 난간 바깥쪽으로는 바다로 이어지는 광활한 이비강* 어귀가 내려다보입니다. 흰 돛단배도 지나다니죠. 농어가 뛰어오르고, 숭어가 펄쩍펄쩍 뛰고. 좀처럼 찾아볼 수 없는 예스러운 풍취가 있는 집이죠. 한데 이따금 벼랑 뒤 돌담 사이로 수달이 기어들어와 마루 복도나 뒷간에 켜둔 불을 끄며 장난을 친다고 하네요. 하지만 그렇다고 해서 그놈들이 달리 무서운 요괴로 둔갑을 하거나 하지는 않는답니다. 이렇게 달빛이 교교한 밤에는 녀석들이 나타나 뜰에서 징을 치고 염불을 외우면서 춤을 춘다고 하죠…… 가을비 추적추적 내리는 밤이면 덴포전(天保錢)** 동전 한 닢을 심부름 삯으로 받아 두부를 사러 가겠노라고 말한답니다. 그런 것도 다 나그네들이 지어낸 애교 있는 이야기이긴 합니다만, 아무튼 평판이 엄청나게 좋은 여관인데…… 손님은 아직 이 고장에 대해서 잘 모르시나보군요?"

"예, 어젯밤에 처음으로 이곳에 흘러들어온 걸요. 어디가 어디인지 도통 모르겠소이다. 눈 뜬 장님이나 마찬가지죠."

악사는 고개를 숙였다.

"면이 불기 전에 얼른 먹고 배 속을 따뜻하게 덥혀야겠소. 어이쿠! 하아."

이렇게 한마디 하고는 눈을 비비더니 얼굴을 돌렸다.

"매워, 매워!…… 엄청 매운 고춧가루네. 주인장 앞이라 말하기 좀 뭣하지만, 바로 요 얼마 전에도 마쓰자카에서 이런 걸 먹었거든요. 뭘

---

* 기후현 서쪽에서 남쪽으로 흘러 하류에서 이세만으로 흐르는 강.

** 덴포통보(天保通宝)의 속칭으로, 1835년부터 1891년까지 통용되었던 타원형 동전이다.

잘못 생각했던 겐지 뭐야, 간사이 지방 고춧가루네? 기껏해야 꽈리 껍질 정도겠지. 어디 맵기야 하겠어. 이렇게 우습게 보고는 양념이라 돈 낼 걱정할 필요도 없겠다 싶어 우동 위에 잔뜩 뿌렸는데, 한 입 먹어보고는 입에서 불이 나서 펄쩍 뛰었죠…… 그런데 참 나, 똑같은 짓을 반복하다니, 한심하죠? 침이랑 눈물이 한꺼번에 막 쏟아지네."

그러더니 손등으로 쓰윽 하며 훔친다.

이때 안주인은 술이 다 데워졌는지 확인하려고 손바닥을 도쿠리*에 갖다댔다.

"악사 양반은 간토 지방에서 오셨나보군요?"

"그렇소. 태어난 곳은 도쿄지만, 지금은 그저 빈털터리 떠돌이 악사 신세라오."

그러면서 도쿠리 바닥을 흔들어 마지막 한 방울까지 술잔에 탁탁 털어넣는다.

"그런데 악사 양반, 혹시 미나토야에서 묵으실 생각이오?"

만약 그 행색으로 갔다간 문전박대 당하기 십상이지. 주인은 은근슬쩍 이런 의미가 담긴 말을 건네어 일깨워주려는 눈치다.

"농담이시죠? 내가 묵을 곳이라곤 낡아빠진 싸구려 여인숙밖에 없답니다. 거적이랑 삿갓이랑 짚신이 절 지켜주지요. 깨진 벽 사이로 쥐들이 내가 돌아오기만을 애타게 기다린답니다. 앞으로 사오 일은 구와나에서 신세를 질까 합니다…… 그런데 만약 저를 미나토야 같은 고급 여관에서 묵게 해줄 정도로 훌륭한 인품을 지닌 사람으로 보신

* 목이 가는 도자기 술병.

다면, 염치 불고하고 댁에서 하룻밤 재워달라고 부탁하고 싶은데, 부인, 어떻게 생각하시오?"

"누추한 곳이지만 괜찮으시다면 묵어가세요."

안주인이 사뿐사뿐 걸으며 도쿠리를 날라왔다. 그러자 주인이 깜짝 놀라 미간을 찌푸렸다.

"무슨 당치도 않은 소릴!"

그러더니 계산대를 등지고 가로막는 듯한 자세로 앉았다. 바로 그 전까지는 통 좁은 감색 소매에 손목을 움츠리고는 허수아비처럼 서 있었는데 말이다.

"하하하하, 말씀 안 하셔도 됩니다. 우동 가게에서 재워줄 수 있는 건 비를 피하기 위해 들여놓아야 하는 간장이나 가다랑어 포 정도겠죠."

악사는 혼자서 껄껄대며 웃었다.

"악사님, 술 좀 따라드릴게요."

안주인은 바둑판 무늬가 들어간 다다미 가장자리에 몸을 수그린 채 봉당을 가로질러 맞은편에 있는 술병을 집어들었다.

"당치도 않은 말씀을. 바쁘실 텐데."

"아뇨, 저희 집은 게이샤 집 배달만 주로 하기 때문에 보시다시피 한가해요. 악사님은 정말 목소리가 좋으시네요. 그렇죠, 여보?"

부인은 이렇게 말하며 주인에게 곁눈질을 했다.

"그래, 맞아."

주인은 이 한마디만 하고 담배를 뻐끔뻐끔 피워댔다.

"저기요, 방금 들려주신 그 하카타 민요를 듣고 있으니까…… 정말 뭔가 절절히 가슴에 와 닿으면서 온몸이 부들부들 떨렸어요."

5

"그렇게 너무 칭찬하시면 흥이 깨지는데요. 술도 다 깨는 것 같아서 아깝다는 생각이 드는군요. 기껏해야 거리의 악사에 불과한 걸요."

청년은 멋쩍은 듯 팔짱을 꼈다.

"제가 빈말을 하는 줄로 아시나봐요? 진심이에요. 그러니까 그게 말이죠, 소름이 오싹 돋는 듯하면서, 황홀한 듯하면서, 죄어오는 듯하면서, 내던지는 듯하면서, 느슨하게 풀어주는 듯한 게, 음, 뭐라 표현해야 좋을는지. 바다 속에 버드나무가 있다면 바다 위에 비친 달그림자 속으로 몸을 내던져서 죽어버리고 싶은 듯한…… 뭐라 말로 표현할 수 없는 묘한 기분이 들었어요."

안주인은 몸을 비비 꼬며 온갖 칭찬을 늘어놓는다.

"여보, 여보!"

주인이 왠지 못마땅한 얼굴로 조바심이 난 듯 큰 소리로 불러댄다.

안주인이 "왜요?" 하며 뒤돌아보니…… 주인은 어느새 가미다나 밑으로 가서 삐딱하게 자리잡고 서 있는 게 아닌가. 장부를 한 장 한 장 넘기더니 언짢은 표정으로 노려보며 말을 한다.

"마스야에서 외상값 아직 안 보내왔어?"

그러고는 주판알을 탁탁 튕겨댄다.

"갑자기 웬 외상값 타령이에요? 아직 30일도 안 됐는데. 외상값은 매달 30일에 받기로 되어 있잖아요?…… 아 참, 악사님."

"누가 지금 악사 양반 얘기 하재? 마스야 외상값 이야기 하고 있잖아!"

"그렇게 갑자기 신경 쓰이면 당신이 가서 받아오든가요!"

안주인은 이렇게 말하며 아랫입술을 삐죽 내밀었다. 주인은 기가 팍 죽은 모습으로 "봉이진일십, 봉이진일십, 이일천작오, 오일삼육칠 팔구*"라며, 우동 매상이 늘었는지 줄었는지는 덧셈 뺄셈만으로도 알 수 있는 것을 간장에 물을 타듯 쓸데없이 나눗셈을 하는 것이었다.

솥에서 피어올랐던 김도 다 식은 가운데, 별도 꽁꽁 얼어붙게 만들 것처럼 홀연히 울려 퍼지는 안마사의 피리 소리. 달이 중천에 걸린 겨울 밤거리에 마치 싸늘한 바람을 불어넣는 듯한 소리로다.

떠돌이 악사 청년은 갑자기 마른 어깨를 감싸더니, "아아, 서리를 맞아서 그런지 으슬으슬 춥네……"라고 한마디 내뱉었는데, 그 목소리가 어떤 이야기 속의 대사를 읽는 것처럼 청아하면서도 날카롭게

---

* 주판으로 계산할 때 쓰는 나눗셈 구구로, 구귀제법(九歸除法)에 의한 계산법이다.

들렸다.

“안마사가 지나가네요…… 부인.”

“네, 피리를 불면서 지나가네요.”

“젠장, 가슴을 마구 찢어놓는 듯한 소리야. 오싹오싹해서 견딜 수가 없네.”

악사는 다소곳이 고쳐 앉고는 마시다 만 식은 차를 찻종에 부어 봉당에 쫙 뿌렸다.

“여기다가 한 잔 따라주쇼. 그렇게 하는 게 부인도 수고가 덜하니까.”

“무슨 말씀을요. 저는 전혀 상관 없어요.”

“아뇨, 친절을 베풀어주시는 건 고맙지만, 마침 취기도 거의 가셔가던 참에 얼음으로 목구멍을 도려내는 듯한 저 삐이삐이 하는 피리 소리를 들으니 온몸에 금이 가는 것 같소…… 이리 가져오쇼.”

악사는 이렇게 말하며 손을 휙 꺾어서 단숨에 쭉 들이켰다.

“어머, 멋있으셔라.”

안주인의 눈이 휘둥그레졌다.

“하지만 억지로 드시지는 마세요. 저, 악사님 건강 걱정해주는 여자 분들 많죠?”

“여보, 채소 가게 돈 계산은 어떻게 됐어?”

주인이 눈을 깜빡이고는 턱을 내밀었다. 안주인은 반은 재미 삼아 뒤를 돌아보지도 않고 말했다.

“받으러 오면 그때 주면 되죠.”

“음…… 그러니까 삼백이면 삼 전인가.”

주인이 허공에 대고 손가락으로 주판알 튕기는 시늉을 한다.

"부인."

떠돌이 악사가 차분한 목소리로 불렀다.

"네, 무슨 일이시죠?"

"연거푸 한 병 더 갖다주시구려. 그리고 또 곧장 한 병을 준비해주고. 알겠소?"

"네, 잘 알겠는데요, 악사님 엄청 술고래이신가봐요?"

"그나마 술이라도 마시지 않는다면 무슨 낙으로 살겠소."

쾌활한 목소리로 이렇게 말을 하다가 갑자기 고개를 들고는 눈초리를 치켜올렸다.

"어라? 안마사의 피리 소리가 또 들려오네? 북쪽 네거리에서 들려오는군…… 아, 아직 밤도 깊지 않았을 텐데 지붕 너머 사이사이로 이 거리 전체에 울려 퍼지네…… 아마 논두렁 같은 곳에서도 불고 있겠지."

그러더니 뭔가 다급한 듯이 한쪽 무릎을 세우고는 두리번거리다가 이렇게 물었다.

"소리는 같지만 음색이 달라…… 부인, 어떤 게 어떤 안마사의 소리인지 아시오?"

바로 그때, 장님 안마사의 머리가 달빛에 창백하게 드러난 모습이 살짝 보이기라도 했는지 악사가 천장 마룻대를 뚫어져라 쳐다봤다…… 악사의 눈이 날카롭게 빛났다.

"어머, 악사님, 사슴이 암컷인지 수컷인지를 알아맞히는 것도 아닐 테고, 피리의 음색만 갖고 안마사의 얼굴을 알 수는 없지요."

"하긴 그러네."

악사는 이렇게 말하며 쓸쓸히 웃었다. 그러더니 갑자기 고개를 푹 숙이고는 찻종에 남실남실 차도록 가득 따른 술을 눈을 부릅뜨고 바라보며 혼잣말을 했다.

"잔 위에 뜬 달 함께 기울여보세, 눈먼 사람아."

하지만 이것이 하카타 민요의 가사인지 그 누가 알까. 왠지 쓸쓸한 글귀였다. 현관 미닫이도 훤히 비치도록 서리 내린 달빛 교교하게 드리운 가운데, 안마사의 피리 소리 거리 곳곳에, 저편 강가의 물결에까지 울려 퍼진다.

6

"야, 안마사신가? 뭐야, 별안간 놀라게 하고…… 필요 없네, 필요 없어!"

야지로베가 말했다. 미나토야의 거실, 고급 객실인 모양이다. 다소 낡은 다다미 열 장짜리 방에 여섯 장짜리 옆방이 딸린 객실이다. 미닫이문 뒤로는 곧장 툇마루가 나 있고, 난간에는 유리문이 죽 이어져 있다. 유리문 바깥쪽은 뿌연 물안개가 희미하게 깔려서 흡사 흐리지 않은 하늘에 구름이 낀 듯했다. 이비강 어귀 긴 모래섬 물가 근처에서는 별이 하나 반짝였고, 바닷물을 머금은 안개가 하얗게 깔렸다. 달에 거적을 덮은 듯이 도롱이를 말리는 정박한 배의 돛대가 숙소 울타리 가까이 내뻗어 있었다.

바로 그곳에서 촛대를 곁에 두고 나무로 된 둥근 화로에 손을 뻗어

불을 쬐던 야지로베가 의아스러운 얼굴을 하고 말했다.

"한데, 서둘러 오시느라 얼마나 힘드시냐며 차를 들고 와서 대접하던 나이 든 하녀가 방금 물러난 참일세. 이제 저녁을 먹으면서 술이나 걸쳐볼까 하던 차에 어슬렁어슬렁 기어나온 저 낯짝은 뭔가?……

방금 전에 나간 그 나이 든 것 대신에 새로 들어오는 건 젊은 여자가 아닐까 하는 기대감에 어디 한번 얼굴이라도 볼까 했더니만, 서리 맞은 동아*에 짚신을 박아놓은 듯한 괴상망측한 낯짝을 장지문 뒤쪽에서 비스듬히 내밀고는, '안마사입니다'라고 하는 게 아닌가. 안마사는 깃이 뒤로 젖혀져서 목덜미가 훤히 드러난 상태로 넙죽 절을 했지. 그러더니 다리를 모아 옆으로 구부려서 편히 앉고는 종이덮개가 덮인 등불 맞은편으로 불쑥 상반신을 내밀었는데, 그 모습이 마치 목이 길고 키가 엄청 큰 중대가리 요괴**가 사는 집에 인사차 설녀(雪女)*** 를 데리고 온 요괴 알선인과 같았다고 해야 할 판이었네.

필요 없다고 하니 아무 말 없이 뒤로 몸을 빼서 마루복도 저편 어두운 곳으로 훌쩍 사라지더군. 잡귀야 썩 물렀거라!"

야지로베는 이렇게 쓴웃음을 지으며, 이부자리 정면에서 나무화로를 껴안고 있는 머리가 벗어진 노옹을 보고 말했다.

"네지베 씨, 피차 나이 먹기는 싫지 않소. 거 좀, 샤미센을 낀 게이샤라도 보내줘서 즐거운 시간을 보내게 해주면 좋으련만. 그러기는커

---

* 박과에 속하는 한해살이 덩굴식물. 식용으로 쓰는 열매는 호박과 비슷한 긴 타원형으로 생겼고, 익으면 표면에 흰 가루가 앉는다.

** 요괴의 일종으로 '미코시뉴도(見越入道)'를 가리킨다. 거대한 스님의 모습으로 병풍 위 같은 곳에 나타나며, 올려다보면 볼수록 키가 커지고 목이 길어진다고 한다.

*** 일본 민간설화에 등장하는 눈의 정령으로, 흰 옷을 입은 여자의 모습으로 나타난다.

녕 식사도 하기 전에 안마사부터 들여보내다니…… 이거, 우릴 너무 얕본 거 아니오?"

"아무튼 나잇값도 못하는 우리를 이 집의 뒷방 노인네 같아 보이는 짧은 머리의 할멈이 현관 마루 입구까지 나와서 어찌나 공손하게 맞아주던지. 그런데 자네는 그 할멈을 힐긋 흘겨보고는, '이런, 이런, 고맙소. 한데 불단 속에 젊은 여자가 보이는구려. 대발로 된 천장 위에서 떨어진 모양일세*'라고 말하기나 하고. 자꾸만 이런 식으로 『도카이도 도보 여행기』에 나오는 글귀를 뽑아다가 이야기를 해대니 마가 끼는 게 아닌가? 휑뎅그렁한 게 꼭 귀신이라도 나올 것 같은 오래된 집일세."

노옹은 이렇게 말하면서 도코노마와 지가이다나** 사이의 통나무 기둥을 밑에서부터 올려다봤다.

"한 천 년은 됨직한 뽕나무로구먼. 강바닥이 얼마나 깊은지도 알 수 없고 불빛도 어두운데다, 수달이 언제 나와 장난을 칠지 모를 일이야. 자네도 해코지를 당하지 않으려면 좀 얌전하게 구는 게 좋을 걸세."

"네, 구구절절 옳으신 말씀입니다요. 정말이지 진절머리가 나는 걸요."

---

* 『도카이도 도보 여행기』에서 기타하치가 여행 도중 2층에서 묵게 된 젊은 여자 순례객 방으로 잠입하여 이부자리 속으로 기어들어가는데, 얼굴을 보니 여관집 할멈이라 깜짝 놀라 도망치다가 그만 대발에 멍석만 깔아놓은 엉성한 천장을 밟고 아래층 불단 위로 떨어지게 되는 이야기에 빗대어 말하고 있다.

** 일본식 방의 도코노마 옆에 있는 선반으로, 두 장의 판자를 좌우 위아래로 어긋나게 댄 것을 말한다.

야지로베는 이렇게 말하고 너털웃음을 지으면서 양손을 품에 넣고는 가슴을 쭉 펴더니 장지문 위에 걸린 액자 속 글귀를 읽었다. 제목 왈 '임풍방가소루(臨風榜可小楼)*', 시원한 바람을 맞으며 배 젓는 소리도 상쾌한 집이라?

"……이렇게 적혀 있네. 음, 어떤 녀석의 소행일꼬."

"도코노마에 꽂아놓은 건 하얀 소국(小菊)이로군. 한 움큼 꽂아놓은 모습이 너무나 아름답네그려."

네지베가 이렇게 말하며 칭찬했다.

"야아, 우리 노옹께서 꽤 노숙한 말씀을 하시네."

"저런저런, 지금 막 진절머리가 났다고 말한 그 입으로 또 무슨 말을 하는 겐가? 어럽쇼, 그게 뭐지? 자네 소맷부리에서 굼실굼실거리는 갈색 손이 나와서 대롱대롱 매달려 있네? 이비강에서 나온 수달인가?"

"어디?"

소맷자락을 바라보던 야지로베는 "아뿔싸"라고 말하며 황급히 안으로 집어넣었다.

"그게 뭔가?"

"하하하하하, 소생 천성적으로 덜렁거려서 물건을 잘 잃어버리는 탓에 우리 집 할망구가 머리를 써서 장갑을 이렇게 좌우 양쪽에 실로 매어놓은 거요. 소매를 통해 가슴으로 빠져나오게 해가지고 쓱 잡아당겨서 양손에 끼는 게지. 얼마나 무서운 노릇인지 원. 네지베 씨, 이

* 원래는 '임풍방하루(臨風傍河楼)'라 해야 하는데, 어떤 이유에선지 '傍'이 '榜'으로, '河'가 '可小'로 적혀 있다.

토록 날 챙겨주는 할망구한테도 쓸데없이 행하*를 줘선 안 되겠지? 아아, 나무아미타불."

"어이구, 이 능구렁이 영감 같으니라고."

네지베는 이렇게 말하더니 등을 굽혀 고개를 돌린다.

"저런, 아까 그 나이 든 여자가 다시 오네. 숨겨! 숨기라고!"

그 말에 야지로베는 장갑을 질러넣는다.

하녀가 손을 바닥에 짚고 묻는다.

"이제 슬슬 준비되셨는지요?"

"아니, 이제 막 여장을 풀었는걸. 예서 하룻밤 묵어가기로 했으니, 아직 떠날 준비는 안 됐소이다."

야지로베가 진지한 표정으로 말했다.

피부색은 거무스름하지만 자태는 아름다운 그 나이 든 하녀가 이 말에 묘한 표정을 짓더니 다시 고쳐 묻는다.

"예, 저녁은 드시지요?"

"우선 술부터 마십시다."

"저, 그럼 식사는 무엇으로 올릴까요?"

"아가씨, 거 이곳의 명물 하면 대합구이 아니오? 바로 그놈으로 차려주구려."

---

* 팁을 의미한다.

7

"그게 말이죠, 대합구이는 지금도 외곽의 갈대발을 친 오두막집 같은 데서는 합니다. 역시 대합구이는 솔방울로 굽지 않으면 제맛이 안 나거든요. 저희 집에서는 구이 대신에 찜을 내와요. 미림*을 넣고 아주 맛있게 찌죠."

"아하, 소라를 썰어서 양념을 해가지고 소라 껍데기에 얹어놓고 굽는 요리랑 비슷하겠구먼. 노점상에서 흔히들 하지…… 소나무 가로수 너머로 솔방울이 훨훨 타는 불빛을 볼 수 있지. 대합 연기가 이 달밤에 피어오른다면, 그건 영락없이 용궁에서 벌어진 축제에서 공주님이 머리 위로 멋지게 수건을 두르고 덴가쿠** 춤을 추려고 하는 모습

* 소주에 찐 찹쌀과 쌀누룩을 섞어 양조한 엷은 누런색의 단술. 음식에 넣는 조미료로 쓰인다.

처럼 보일 게야. 정말이지 한층 황홀한 광경이겠지만, 그렇다고 일부러 남의 눈을 피해가며 그 공주님을 닮은 아가씨를 만나러 갈 수도 없는 노릇이지…… 이 집의 미림찜, 그게 좋겠어."

영감은 스스로 납득한 듯 고개를 끄덕였다.

"그럼 저녁은 대합으로 드시겠어요?"

"뭐라고?"

영감은 이렇게 말하며 짐짓 꾸민 듯 손을 귀에다 갖다대고 물었다.

"저 말이죠, 대합으로 드시겠어요?"

"아니, 젓가락으로 먹읍시다. 하하하하."

영감은 이렇게 혼자서 웃고는 품속에서 『도카이도 도보 여행기』 5편을 쑥 꺼내들더니, "고맙네"라며 이마를 탁 쳤다.

하녀도 무심코 웃음을 터뜨렸다.

"어머, 손님은 야지로베 님이시군요?"

"바로 맞혔네…… 이번 이세신궁 참배 때는 사정이 있어서 고니관(五二館)이라는 곳에서 묵을 일이 있었지. 그런데 고타이신궁(皇大神宮)***에 참배하러 가던 도중 후루이치****의 후지야(藤屋)라는 여관 앞을 지날 때의 일이었어. 일전에 무척이나 폐를 끼쳤던 곳이라 인사라도 할까 해서 말이네. 어스레할 정도로 깊숙한 곳에 자리한 가게 앞에서 놋쇠로 만든 둥근 화로가 번쩍번쩍 빛나고 있는 것을 봤지. 약식

** 田楽. 헤이안(平安) 시대 중기 이후부터 행해진 전통예능으로, 농촌에서 모내기 때 하던 가무음곡이 예능화한 것이다.

*** 이세신궁의 두 개의 본궁 중 하나로, 내궁(內宮)이라고도 한다.

**** 이세신궁 가까이에 위치한 역참 마을.

으로나마 인력거 위에서 모자를 벗고 인사를 하고 왔다네. 한데, 거리가 좁다보니 맞은편 주막 젊은 처자에게 이 벗어진 머리를 고스란히 보여줘야 하는 게 심히 괴로웠어."

이렇게 말하며 영감은 등불을 향해 번들번들한 머리를 비추었다.

"호호호."

"아하하."

네지베도 가볍게 웃었다(실은 방금 전 두 사람이 도착했을 무렵에는 한창 연회가 무르익어서 샤미센과 북 소리로 여관 안이 떠나갈 듯 요란했다). 마침 갈지자형의 디딤널이 놓여 있는 봉당을 사이에 두고 옆 객실에 열네댓 명의 일행이 있었는데, 연회 자리에는 여자들도 섞여 있는 듯 한창 흥이 올라 떠들썩하던 참이었다. 그러던 것이 조금 전에 안마사가 모습을 보인 이후로 마치 큰 강 어귀의 썰물이 빠지듯이 한바탕 인기척이 나면서 저 멀리 아득하게 사라지는가 싶더니, 이내 괴괴한 정적이 감돌았다. 다만 휑뎅그렁한 방 안을 원숭이가 '꽥, 꽥' 하고 울면서 뛰어다니듯이 깔깔거리는 마이코(舞妓)*들의 새된 목소리가 들렸다. 그러면서 뭔가 무겁고 묵직한 것이 위에 뒤덮인 듯 무슨 얘기인지는 알 수 없지만 여러 사람이 웅성거리는 소리가 들렸는데, 노옹 일행이 웃음을 터뜨린 바로 그 순간 갑자기 옆방에서도 동굴에서 바람이 빠져나온 것처럼 왁자그르르한 소리가 울려 퍼졌다.

하녀도 웃으면서 훌쩍 자리를 떴다.

"이거 원, 우리 방은 너무 음침한데."

---

* 연회에서 술을 따르고 춤을 춰 손님의 흥을 돋우는 소녀.

야지로베가 말했다.

"일신의 안녕을 위해서는 그게 차라리 잘된 일일세."

네지베는 화로 위에 몸을 쭈그리고는 거기에 내던져진 도보 여행기 책을 들여다봤다.

"그런데 문득 생각이 났는데 말일세, 나는 밤에 통 잠이 안 온단 말이야. 오늘밤에는 어디 한번 머리맡에 있는 초롱불을 의지해 책이나 읽어볼까."

"그만두쇼. 이걸 읽으면 가슴이 미어져서 오히려 정신이 말똥말똥해질 테니. 그럼 잠자기는 다 틀린 거지."

"무슨 말을 하는 겐가? 얼토당토않은 소리를 하네. 배꼽 빠지게 재미있는 『도카이도 도보 여행기』를 읽고 울 사람이 누가 있겠나? 내가 할 소리를 자네가 하네. 자네가 꼭 네지베 같구먼."

이렇게 말을 하던 참에 아까 그 나이 든 하녀를 따라 젊은 하녀 하나가 같이 술과 밥상을 차려서 날라왔다.

"대합은 금방 내오겠습니다."

"좋아, 좋아."

"어쨌거나 술부터 마시고 보세."

네지베도 서둘러 잔을 들었다.

"자, 자네한테도 한 잔 주겠네. 따끈따끈하니 맛있을 때 한 잔 쭉 들이켜라고."

이렇게 말하면서 야지로베는 술꾼들이 흔히 그러듯이 약간 떨리는 손으로 한 잔 기울인 술잔을 밥상 너머에 있는 그 도보 여행기 책 옆 다다미 위에 잘 놓았다.

"한 잔 따라주게."

야지로베가 정색을 하고 말했다.

젊은 하녀가 어리둥절한 얼굴로 보고 있자, 네지베에게 연신 술을 따르던 나이 든 하녀가 돌아다보며 말했다.

"기노야, 따라드려…… 그 어르신은 야지로베 님이셔. 기타하치 씨에게 잔을 드리는 거야."

나이 든 하녀는 어느덧 두 사람의 대화를 알아차린 모양이었다.

8

영감이 왠지 가라앉은 어조로 말했다.

"아아, 말 한번 잘했네. 나를 야지로베라 불러주니 고마우이. 마치 내 집에 온 것처럼 좋은 분위기에다 술맛도 일품이고. 여기에 기타하치만 함께 있다면 『도카이도 도보 여행기』에서처럼 태평스럽게 여행을 즐길 수 있을 텐데 말이야. 한데, 이렇게 다시 따라놓은 술에 촛대의 불이 반짝반짝 비치는 모습을 보니 아무래도 아귀도(餓鬼道)*에 빠져 괴로워하는 망령에게 올린 잔 같구먼. 그 바보 같은 녀석은 지금쯤 어디서 뭘 하고 있을꼬?—"

영감은 무릎에 손을 대고는 다다미에 놓인 잔을 가만히 바라보며

* 불교에서 말하는 삼악도의 하나. 아귀들이 모여 사는 세계이다. 이곳에서는 먹으려는 음식이 불로 변하여 늘 굶주리고, 항상 매를 맞는다고 한다.

침울한 표정을 지었다.

네지베도 그때 갑자기 고개를 옆으로 돌리고 팔짱을 꼈다.

"어르신, 어째서 그 기타하치 씨랑 같이 오지 않으셨어요?"

나이 든 하녀는 이렇게 짐짓 애교를 부리며 웃었다. 야지로베가 쓸쓸히 웃으며 말했다.

"음, 그 녀석은 말이지. 거 뭐냐, 그 책의 본문에 있는 대로 이세 야마다에서 나랑 떨어져서 길을 잃었지. 그 녀석은 나잇살 먹어가지고 속세에 대한 욕심이 많아서 술도 잘 마시는가 하면 짓궂은 장난도 잘 치는데, 인생살이라는 게 우리가 지금 이렇게 여행하는 것처럼 나그넷길 아니겠나. 따뜻할 때나 추울 때나 믿고 의지하던 젊은 길동무랑 헤어지니 예순 먹은 미아 신세가 되었다네. 그런데 후지야라는 여관 이름이 도무지 머릿속에 떠오르지를 않고 오로지 등나무의 느낌만 어렴풋이 기억났던 게야. 그래서 혹시 이 근방에 선반에 대롱대롱 매달린 듯한 여관은 없냐면서 번화한 거리를 홀로 터벅터벅 걸어다니며 찾아 헤매다 지쳐서 이젠 완전히 낙심했다고 말을 한 거지. 낯선 가게 앞에 털썩 주저앉아 염치없이 쉬었다는 부분이 있는데…… 그 부분을 읽으면 정말 장난이 아니라는 생각이 들지…… 네지베 씨, 정말 그 부분에서는 진심으로 눈물이 나더이다."

이렇게 말하는 야지로베의 촉촉이 젖은 눈에 촛대의 불이 반짝반짝 비쳤다.

"이봐, 심지를 자르지 그래?"

"네."

나이 든 하녀가 이렇게 말하고 맞은편을 볼 때, 네지베도 눈을 깜박

거렸다.

"야, 저 소란스러운 것 좀 보게."

네지베가 이렇게 말하며 뭔가 수상쩍다는 듯이 봉당 너머 옆방을 곁눈질하더니 다시 말을 이었다.

"대단하구먼. 금속대야까지 내왔나봐. 사람들이 모두 공중에 붕 떠다니고, 접시랑 주발이 다다미 위에서 춤을 추는 것 같네. 오오, 샤미센이랑 북이 격전을 벌이며 치고받는 모양일세."

"어르신, 너무 시끄럽지요? 폐를 끼쳐드려서 죄송합니다. 마침 음력 11월이라 올해 입대하는 청년들의 송별회 모임이 잦다보니 여기저기서 모두들 이렇게 떠들썩한 거랍니다. 하지만 주무실 때쯤 되면 연회도 다 끝나서 조용해질 겁니다. 조금만 참아주세요."

"아니, 아니. 신경 쓰지 마쇼, 신경 쓰지 마."

영감은 두 하녀를 향해 손을 저었다.

"오히려 시끌벅적한 게 더 낫네. 잘못하다 조용해져서 또 별안간 안마사가 들이닥치면 곤란하니까 말이야."

"네? 안마사가요?"

하녀가 의아스러운 얼굴로 되물었다.

네지베가 이 이야기를 어물쩍 넘기려는 듯 헛기침을 하며 말했다.

"자, 한 잔 들자고. 어때, 우리도 술시중 들어줄 아가씨 좀 부탁해볼까?…… 거, 뭐라고 하던가…… '구와나의 나리 겨울비에 밥 말아먹네'라던가 하는 이 고장 민요라도 들어보면 어떻겠나? 어디 한번 가슴 후련하게 놀아보자고. 객지이니 아는 사람도 없겠다, 부끄러운 짓 좀 한다고 그게 뭔 대수겠는가? 임자는 그 잔소리 같은 간진초(勸進帳)*

라도 읊어보게나. 검게 염색을 하려고 해도 염색할 수염이 없으니, 나는 수건이라도 접어서 이 벗어진 머리에 얹어놓아야겠네."

네지베가 허리를 쭉 펴고 고쳐 앉자 야지로베는 눈을 휘둥그렇게 뜨고 이렇게 말했다.

"이야, 헤이케 이래의 모반**이로구먼? 자네가 그런 제안을 하다니 참으로 신기하네. 야지로베와 기타하치가 말 등의 양쪽에 함께 태워 달라고 하나 마부가 말하길 그럴 수 없다 하니 기타하치 혼자서 타고 가누나."

야지로베는 한껏 흥이 올라 "아가씨, 아무나 상관없으니까 한 네댓 명 이영차, 이영차 하고 끌고 오게나"라고 말하면서 어깨를 펴고는 큰 짐을 나르는 것처럼 잔뜩 힘을 주었다.

하녀는 술을 다 따르고 나서 술병을 무릎 위에 똑바로 든 채 말했다.

"글쎄, 방금 전에 저쪽 객실에서 한두 명 더 보내달라고 해서 불렀는데. 기노야, 게이샤가 있었니?"

젊은 하녀가 굵고 짧은 목으로 고개를 굽실거리더니 이렇게 말했다.

"올 사람이 아무도 없다고 하던데요."

"그렇구나. 어르신, 죄송합니다. 좁은 동네다보니 게이샤 수도 한

---

* 미나모토노 요리토모의 노여움을 산 미나모토노 요시쓰네 일행이 오슈로 탈출할 때 도가시 사에몬의 검문을 받게 되나, 벤케가 기지를 발휘하여 백지 두루마리를 들고 그것이 기부금 내역을 적은 장부인 간진초인 양 기부자와 그 내역을 줄줄이 읊어 무사히 관문을 통과한다는 내용이다. 일반적으로는 간진초라 하면 가부키나 그 원류가 되는 노의 '아타카'를 연상하기 쉬우나, 여기서는 나가우타의 간진초를 의미한다.

** 다이라노 기요모리(平淸盛)와 더불어 정치적 실권을 장악한 고시라카와 법황(後白河法皇)이 헤이케(平家)가 세력을 강화하자 시카가야에서 헤이케를 타도하려는 계획을 꾸민 사건에 빗대어 한 말.

정돼 있어서, 이렇게 모임 같은 게 몰리다보면 좀 쓸 만하다 싶은 게이샤들은 순식간에 다 나가버린답니다. 그렇다고 도쿄에서 오신 손님들에게 너무 떨어지는 애들을 내보내는 것도 실례니까요. 용모가 빼어나다거나 기예가 출중하다거나 하지 않으면 안 될 일이죠……"

"아니, 이렇게 된 이상 설령 수중에 돈이 떨어져 숙박료도 못 내고 야반도주를 하는 한이 있더라도 게이샤의 샤미센 소리를 듣지 않고서는 도무지 마음이 진정되지 않을 걸세. 괜찮네. 애꾸눈이거나 언청이가 아닌 이상은 누구든 상관없어. 고물상에서라도 괜찮으니 어서 불러주게."

"네, 조금만 기다리세요. 아 참, 시마야(島屋)에 새로 게이샤가 된 아이가 있었지? 그 아이라면 아마 지금 괜찮지 않을까? 한번 물어봐, 기노야. 얼른 서둘러. 복도를 달려가서 전화 좀 걸렴."

9

"자, 뭐든 덤비라고. 야, 뭔가? 저 바람개비는."

우동 가게에서 계속 술을 마시던 하카타 민요 청년이 갑자기 기세 좋은 목소리를 냈다. 서리 위에 데운 술을 부은 격으로 밝은 달빛 탓에 금세 술이 깼다. 달빛이 여전히 주위를 온통 하얗게 물들인 가운데, 찻종 가득 따른 두세 잔의 술로 눈가에 취기가 확 올라왔다.

"제멋대로 삐이삐이 불어대고 말이야. 자루 달린 작은 북에 생황 생각이 나는구먼. 날 아이 취급하네. 그치, 엄마?…… 아니, 부인. 그렇긴 해도 뭐냐, 여기 이 구와나라는 곳은 안마사가 많은 곳인가?"

이렇게 말하는 악사의 눈동자가 피리 소리에 반짝거렸다.

"악사님도 참. 흔히들 안마사의 눈은 굴을 닮았다고 하죠. 하지만 이곳의 명물은 대합인 걸요. 특별히 그렇게 많은 건 아니지만, 유곽이 있는데다 여관도 많다보니, 그만 저치들이 여기저기 각지에서 돈벌이를 하러 모여들게 된 거지요."

"그렇군. 과연 유곽지대라 다르군."

악사는 왠지 스스로 납득을 하고는 맥이 빠진 듯 한쪽 손을 짚었다.

"악사님, 그 목소리를 요 근처 게이샤 집 문간에서 한번 들려줘보세요. 아마도 그 노랫소리에 반해서 실려나갈 게이샤가 한둘이 아닐 거예요."

안주인이 이렇게 말하며 옷깃 가까이서 옻칠을 한 쟁반을 빙그르르 돌렸다.

"웬 당치도 않은 말로 비위를 맞추려 하시는가? 사람이 실려나가서야 될 말인가? 난 정신을 바짝 차리지 않고서는 게이샤 집 근처에는 얼씬도 할 수 없다네."

"왜요?"

"잘못하다간 원수와 맞닥뜨리게 되니까."

악사는 힘없이 고개를 떨어뜨린다.

"어머, 재주는 어려울 때 삶에 도움을 준다는 말도 있는데…… 악사님, 전에 게이샤한테 빠지셔서 지금 이렇게 되신 거예요?…… 정말이에요? 원수라는 게?"

"그게 아니오! 내가 게이샤의 원수인 게지."

"어머, 어쩜 그렇게 태연하게 자기 자랑을 늘어놓으실까."

안주인이 이렇게 말을 할 때, 맞은편에서 달빛이 어스레하게 비치는 듯했다. 좁은 거리의 어딘지 모르게 으슥해 보이는 처마 밑으로 딸각딸각하는 통나무 나막신 소리가 봉당에까지 스미듯 울려온다. 그러더니 곧장 그 발밑을 빠져나가듯 안마사의 피리 소리가 쓸쓸하게 들려온다.

떠돌이 악사가 날카롭게 쳐다봤다.

"귀신도 제 말 하면 온다고, 마침 게이샤가 지나가네요. 악사님, 보고 싶으시면 미닫이문을 열어보세요…… 그 대신 게이샤한테 복수당할 각오는 하셔야 해요."

"아, 언제든 복수당할 준비는 되어 있소. 첫, 피리 한번 시끄럽게 불어대는구먼."

달그락하면서 가게 문이 바깥쪽에서 열렸다.

"어이쿠, 깜짝이야!"

"안녕하십니까— 우동 여섯 개 후딱 만들어주쇼."

짚신에 한텐* 차림을 한 젊은이가 등에 하얀 달빛을 받으며 꽁꽁 얼어서 빨개진 코를 불쑥 내민다.

"예!"

주인은 이렇게 옆에 다 들리도록 새된 목소리로 대답하고는 계산대에 막대처럼 우두커니 선 채로 말했다.

"당신, 얼른 움직이지 않고 뭘 하고 있어?"

안주인은 일부러 태연하게 묻는다.

"나막신 소리 한 번 예쁘기도 해라. 어느 집 게이샤인지 아세요?"

"요 얼마 전에 야마다의 유곽 신마치에서 이곳 시마야로 온 새 게이샤요."

---

* 전통의상인 하오리와 비슷한 짧은 겉옷으로, 옷고름이 없고 깃을 뒤로 접지 않고 입는다. 작업복 또는 방한복으로 쓰인다.

이렇게 말하면서 빨간 코의 젊은이는 눈을 돌려 밖을 내다봤다.

그러자 떠돌이 악사는 벽에 기대어 가슴을 젖히고 살짝 발돋움하여 문간에 서 있는 젊은이의 어깨 너머로 교교한 달빛에 물든 유곽의 좁은 길을 건너다봤다.

나막신 소리는 약간 멀어졌지만 아직도 딸각딸각 희미하게 울리고 있다.

"찾는 손님이 많겠네요."

"뭐, 그래도 이 우동 가게만 하겠소?"

"말씀도 참 잘하셔라. 바쁜 가게 주인이 된 기분으로 서둘러서 곧장 만들어 보내드릴게요."

"예, 부탁드립니다."

젊은이는 이렇게 말하고는 돌아갔다.

주인은 계산대에서 등을 돌려 굽 낮은 나막신을 찾아 신고는 덜거덕덜거덕 요란한 소리를 내더니 칠기쟁반을 꺼내기 시작한다. 아하, 부부 단둘이서 꾸려가는 이 식당은 딱하게도 주인이 요리 배달을 겸하고 있는 것으로 보였다.

"앞문 뒷문 신경 써서 조심하고 있으라고. 알겠지? 알겠지? 다녀오는 길에 잠깐 볼일 좀 보고 올 테니까. 알겠지, 여보?"

이렇게 말하고는 여기저기 경계하는 눈빛으로 둘러보더니, 달빛 교교한 유곽 거리에 초롱은 필요 없는지라 한 손을 주머니에 꽂아넣은 채로 배달을 나섰다. 시끄럽게 달그락거리면서 문을 열더니, 닫지도 않은 채 겅중겅중 걸어나갔다.

솥의 김이 훅 하고 양쪽으로 갈라지더니 떠돌이 악사의 뺨에 그림자가 드리웠다.

안주인이 옆으로 다가와 말한다.

“언제까지 멍하니 쳐다보고 계실 거예요? 그렇게 복수를 당하고 싶으세요?”

“부인, 구와나에서는…… 연회석에 나가는 게이샤의 샤미센을 안마사가 맡아서 들고 가는가?”

악사는 오싹하게 한기가 들었는지 어깨를 웅크리다가 이내 가까스로 자세를 가다듬고는 안주인을 바라보았다. 악사의 안색이 좋지 않았다.

10

"그렇지. 아무리 장소가 바뀌면 이름이나 물건도 바뀐다 해도, 장님 안마사가 게이샤의 짐 시중을 든다는 건 어불성설이지. 나도 그런 일은 없을 거라 믿지만 말이오, 방금 저쪽을 아무개 유곽의 새 게이샤라던가 하는 여자가 딸각딸각 나막신 소리를 내며 지나가는 것을 별 생각 없이 바라보고 있자니, 그 여자가 입은 연보라색 기모노가 저기 한 집 걸러 두 집 걸러 있는 처마 밑 초롱불 빛 아래에서는 옥색이 되고 달빛 아래에서는 푸른색으로 변하더군. 기모노 자락 끝을 차내지도 않고 조신하게 걷고 있었지. 가만히 흰 목덜미를 드러낸 채 고개를 숙이고 있었는데, 걸음걸이도 별로 내키지 않는 모양인지 어쩐지 의기소침해 보였소…… 한데 그 뒤쪽으로 잿빛 그림자가 드리우는 게 아니겠소? 여자의 그림자라면 당연히 달빛에 땅을 기어다닐 텐데, 그게 아니라 나그네를 수호하는 도조신(道祖神)*이 어슬렁어슬렁 네댓 자쯤 거리를 두고 쭉 저 앞에까지 따라갔지. 허리의 자세며, 어깨 모양이며, 걷는 모습이며, 반죽해서 붙인 것처럼 보기 흉한 머리 모양새가 아무리 봐도 안마사였어. 눈먼 장님인 듯했지…… 난 말이오, 거 뭐냐, 그러니까 안마사가 짐 시중을 든다면 말이 안 된다는 거요. 그렇다면 장님이 된 짐꾼인지도 모를 일이지."

"어떻게 생긴 남자인데요? 어디?"

안주인이 이렇게 말하며 문 밖으로 나가려고 했다.

"아니, 이제 더이상 안 보인다네. 부름을 받은 집에 들어간 모양이야. 두 사람 모두 저 멀리서 사라졌지. 그런가. 아아, 장님 짐꾼은 없는 걸까? 아, 또 나타났다…… 그림자가 나타났어. 피리 소리에 그림자가 나타났어. 안마사의 피리가 하늘에서 마구 쏟아져내리는 것 같아! 이 추운 달밤에 쌓이면 구와나는 온통 바늘지옥으로 변하고 말 텐데. 아, 못 참겠어!"

악사는 술을 단숨에 쭉 들이켰다.

"그래, 퍼마시자고. 한잔 어떤가? 부인도 같이 얘기 좀 나누자고. 주인장은 자리를 비웠는데, 문이 활짝 열려 있어…… 그게 뭐 대수인가. 저 맞은편 세 채의 지붕 너머로 눈사람 같은 산 그림자가 들여다보고 있구먼."

그러면서 문 쪽을 돌아보고는 '아!' 하고 외쳤다.

"왔어, 왔어왔어. 놈이 왔어, 놈이 왔어. 안마사야, 안마사. 안마사

* 마을의 경계나 고개 같은 곳에 모시는, 재앙이나 악령 등을 막아주는 신.

라고!"

이렇게 숨도 안 쉬고 잇달아 말을 내뱉으며 안달을 냈다. 그때 밖에서 그 소리를 들은 안마사가 거리 한가운데에 갑자기 똑바로 서서 지팡이를 발밑에 삐딱하게 버티고는 눈을 허옇게 뜨며 위를 올려다봤다. 안마사의 콧방울이 달빛에 비쳤다. 손님이 찾는 소리라 생각한 모양인지 그대로 얼어붙은 듯이 멈춰 선 것이다. 그 모습을 못 보았는지 떠돌이 악사가 격앙된 목소리로 물었다.

"그림자, 그림자인가? 안주인, 진짜 안마사가 맞는 거요, 아니면 그림자요?"

"진짜 안마사라면 어쩔 셈이신데요? 악사님, 그렇게 안마사가 그립나요?"

"그립소! 아아."

악사는 숨을 몰아쉬고는 다시 보더니 눈살을 찌푸리면서 큰 소리로 웃었다.

"하하하하하, 안마사를 동경한 나머지 이런 신세가 된 거요. 어이쿠, 안마사님, 안마사님, 자아, 들어오시죠."

떠돌이 악사는 샤미센 발목을 치우고는 의자를 똑똑 두드리며 말했다.

"부탁 좀 해야겠군. 부인, 미안하지만 여기 좀 잠깐 씁시다."

"이 다다미로 올라와서 옆으로 누우세요. 안마사님, 손님 받으려면 문 닫고 들어오세요."

"예."

탁탁, 하는 지팡이 소리가 났다.

"네…… 이거야 원, 정말이지 그림자나 마찬가지인 몸이라."

안마사는 이렇게 쉰 목소리로 분명히 말했다. 안마사는 산동주*로 된 거무스름한 양갱색 외투를 걸쳤는데, 그 주름 사이로 발갛게 들이비친 등불 그림자는 굽 낮은 나막신을 벗고 나서도 사라지지 않았다. 안마사는 마치 손으로 술냄새를 식별하기라도 하는 듯, 한 손으로 더듬어가며 들어왔다.

"내가 하는 말이 들렸나?"

떠돌이 악사는 매서운 말투로 이렇게 말하며 대여섯 병의 술병이 늘어선 상을 옆으로 치웠다.

"헤헤헤."

안마사는 코를 약간 훌쩍거리더니, 흠 하고 부러운 듯이 냄새를 맡았다.

"어찌나 애타게 기다렸는지, 문 밖에서 달려가는 개조차 안마사로 보이지 뭔가. 내가 달리 나쁜 뜻으로 말하는 건 아니네…… 그런데 자네가 갑자기 태연스럽게 나타난 게 아닌가? 술도 취했겠다, 허깨비인가 했지 뭔가?"

"정말 이제나 저제나 하며 애타게 기다리셨어요. 자꾸 피리 소리에만 신경을 쓰셔서 저도 왜 그런지 이해를 못했지만, 이제야 겨우 알겠네요. 정말 많이 기다리셨어요."

"고맙습니다, 부인. 사업 번창하시길."

"손님은 한 분이시니까 천천히 치료해드리세요. 안마를 받으시다

* 山東紬. 산누에 실로 짠 명주로, 견주(繭紬)라고도 한다.

가 그대로 잠드셔도 괜찮아요. 저희 집에서 묵으시면 되니까요."

안주인이 이렇게 말한다.

안마사는 천연덕스럽게 "네, 그렇게 합죠. 그럼 정성껏 주물러드리도록 하겠습니다"라고 말하더니 제 손을 쥐고는 으스러져라 주물러댔다.

"자, 나리."

"나리라니 무슨. 난 그저 동냥아치에 불과하네."

악사는 이렇게 말하며 또 술을 들이켰다.

안주인이 슬쩍 쏘아보며 말한다.

"당치도 않은 말씀을 하시네."

11

"아니, 누울 필요까지야 있나. 됐네, 여기서 해줘도 충분하네…… 무엇보다도 등을 주물러대면 잠시라도 견딜 수 있을지. 실은 그것마저도 의심스럽네. 자칫 잘못하면 그대로 기절해서 냅다 쓰러질지도 몰라. 그럼 보기 좋게 안마사 손에 죽어나가는 꼴이 되는 거지."

악사가 진지한 표정으로 이렇게 말했다.

"당치도 않은 말씀을 하십니다요. 촌구석이기는 하지만, 이래봬도 오랜 세월을 거쳐 그 유명한 스기야마류(杉山流)의 안마술을 수련한 몸입니다. 명치에 침을 맞으셔도 결코 잘못되는 일은 없을 겁니다."

기가 막혔는지 안마사가 창백한 눈을 부릅뜨며 말했다.

"잘하는지 잘 못하는지를 말하는 게 아닐세. 이날 이때까지 평생토록, 농담으로라도 아직 한 번도 안마사에게 안마를 받아본 적이 없거든."

"어머, 아까는 그렇게 그립다고 하시고선."

"그야 어깨가 너무 결려서 견딜 수가 없으니까 눈앞에 어른거릴 정도로 기다렸지만, 막상 이렇게 되고 보니…… 생판 처음 겪는 일이라. 뜸 치료를 처음 받는 거랑 마찬가지지. 아플지 가려울지 도무지 상상이 안 되거든. 듣기로는 간지럽다던데 말이야. 나도 아마 간지러울 거라는 생각이 들어…… 아비 없는 사생아는 간지럼도 안 탄다던데, 공교롭게도 우리 모친은 행실 바른 여자라, 이래봬도 서방질해서 낳은 자식은 아니라 그런지 간지러운 건 전혀 못 참는다네…… 거 뭐냐, 주먹밥을 꽉꽉 누르는 것 같은 그런 손놀림으로 안마를 받을 거라 머릿속으로 상상하기만 해도 근질거려서 더이상 참을 수가 없어. 정말이지 이건 안 되겠어!"

그러면서 옆구리에 양쪽 팔꿈치를 딱 붙이고는 자지러지듯이 등을 비틀어댔다.

"하하하하, 이거야 원. 뭐라 말씀을 드려야 할지."

안마사가 무료한 듯 입을 뗐다.

안주인은 다시금 떠돌이 악사의 얼굴을 들여다보면서 이렇게 말했다.

"어쩜 이렇게 귀여우실까."

"같은 말이라도 가엾다 하지는 않는구려…… 그렇다고는 해도 이렇게 결려가지고는 몸과 거죽이 돌처럼 딱딱하게 굳어버릴 것 같구먼. 등도 뻐근하고, 가슴도 찢어지는 것만 같고…… 주물러주지 않으면 더는 참을 수 없겠네. 주물러주쇼, 상관없으니까."

악사는 이렇게 격한 목소리로 말하고는 한쪽 무릎을 탁 세우더니 또다시 말을 이었다.

"어디 한번 죽일 듯이 덤비시게. 각오는 돼 있으니까, 자. 그런데 부인, 오다가다 옷깃만 스쳐도 전생의 인연이라고 하지 않소. 나그넷길을 가다가 이렇게 신세를 지게 된 것도 다 전생의 인연 같은 것 아니겠소? 왠지 그냥 헤어지기는 섭섭하다는 생각이 드네그려. 안마를 받다가 죽어도 그뿐. 죄송하지만 한 번만 더 따라주시게. 이별의 술잔이 될지도 모르는 일이니."

악사는 이렇게 말하고는 잔을 털어서 불쑥 건넸다. 그러더니 그때까지와는 달리 돌연 눈빛이 변하면서 날카로운 눈초리로 안주인을 쳐다보는 게 아닌가. 안주인은 그 기세에 눌린 나머지 아무 말도 못하고 그저 눈만 휘둥그렇게 떴다.

"자, 안마사 양반, 준비하시게."

"예."

"안주인, 따라주쇼!"

"아, 네에."

술을 따르는 안주인의 손이 바르르 떨렸다.

악사가 이 찻종을 단번에 비워버리는 순간, 안마사의 손이 악사의 몸에 닿았다.

악사는 몸을 덜덜 떨긴 했지만 다행히도 얼굴은 붉은빛을 띠었다.

"아아, 창자 속까지 사무쳐오네!"

"저기 뭐냐, 왜 그러시는지 모르겠지만, 안마는 걱정 안 하셔도 됩니다."

안마사가 흠칫거린다.

"일단."

악사는 잔뜩 힘이 들어갔던 손에서 힘을 쭉 빼고는 이렇게 말했다.

"생명에 지장은 없는 것 같네. 하지만, 하지만 온몸에 사무쳐."

악사는 고개를 푹 숙이더니 비틀비틀거렸다.

"차가운 달빛에 불길 같은 그 손가락이 닿으니 마치 물이 불을 만난 것처럼 뼛속까지 사무쳐오네. 가슴은 차갑고 귀는 뜨거워. 살은 불타고 피는 얼어붙는 것 같네. 앗!"

이렇게 말을 하더니 갑자기 양손을 축 늘어뜨렸다.

순간, 깜짝 놀란 안마사가 자지러지듯 손을 뗐다. 그 주둥아리 모양이 문어를 닮았다.

악사 청년이 바로 앉더니 다시 말을 이었다.

"아니, 멈추지 말게나. 나를 불쌍타 여기고 잠자코…… 설사 살짝 주무른다 해도 온몸이 으스러지는 느낌이야.

머릿속에 떠올리고 싶지도 않아서 지금껏 이리저리 고민을 해왔지만, 피하면 달라붙고, 때가 지나가면 잡아당기고, 도망치면 쫓아온다네. 형체는 없어도 소리가 나지…… 삐이삐이 피리 소리는 날 공격하러 오는 북소리야. 이렇게 마구 바싹바싹 죄어오면 연약한 사람은 견뎌낼 재간이 없지. 깊은 못이 내려다보이는 벼랑 끝에서 두려워 떨며 간신히 버티고 서 있는 담력 없는 사람은 차라리 두 눈 딱 감고 거꾸로 뛰어드는 법. 될 대로 되라지. 안마사 양반, 당신의 사촌이나 육촌, 아니면 삼촌이나 조카, 아무튼 그 어떤 친척일지도 모를 일이지. 자, 원수를 갚게. 실은 나는…… 당신의 동료인 안마사를 한 사람 죽였어."

12

"지금으로부터 꼭 삼 년 전의 일이라네…… 바로 그해 12월 말, 그러니까 이달보다 한 달 뒤가 되겠군. 나고야에 일이 있어서 왔었지. 내친김이라고 말하면 불경스럽겠지만, 어떻게든 짬이 나서 이세신궁에 참배를 할 수 있었던 것도 다 하늘의 뜻이요, 신불의 자비 덕택이었지. 우리는 천천히 후루이치에 머무르면서 그야말로 내친김에…… 아사마산의 구름도 보고, 쓰즈미가타케산*의 가락이라도 들을 생각이었다네. 후타미 해안에서는 설날 해돋이를 보며 기원하고, 사카이바시 다리를 건너 이케노우라를 거쳐, 이세와 시마(志摩)의 경계인 오키노시마로 향하기로 했지. 그다음에는 가미고리에서 시마로 들어가

* 이세시 동남쪽 미야강과 이스즈강 사이에 있는 산.

히요리산*을 구경하고…… 바다가 잔잔해지면 배를 타고 이라코자키 곶**에서 해삼을 안주 삼아 마시면서 오륙 일 정도 머무를 작정이었어…… 야마다에서는 오노에초의 후지야라는 곳에서 묵었다네. 놀라지 마시길— 아무리 그렇다 해도 그때는 나도 지금처럼 유카타***에 겹옷을 걸친 불량배 같은 옷차림은 아니었으니까.

갈아입을 옷으로 가문(家紋)을 넣은 예복 한 장도 가지고 있었고, 줄무늬로 단정하게 한 벌 제대로 갖춰입은 큰 도련님이었지…… 뭐, 그렇다고 해서 흔히들 하는 말로 지금은 이 모양 이 꼴이지만 나도 한때는 잘나갔다는 식으로…… 억지를 부리는 것은 결코 아니야. 별달리 나 스스로의 노력으로 그리 된 것은 아니니까— 그러니까 그 뭐냐, 아비이자 외삼촌이자 스승이자 은인이라고 해야겠지…… 우리네 가업에서는 에도****에서 가장 뛰어난, 전국을 통틀어 종가의 기둥이라 불리는 외삼촌 하나가 거기에 살고 있어. 머리가 좀 벗어진 불쾌한 낯짝을 한 양반이네만.

아니, 그런데 그 얼굴 생김새에 어울리지 않게 소탈하면서 농담도 곧잘 하는 순 에도 토박이라네. 그때 나이가 예순 살이었는데, 세세하게 나이를 따져가면서 세 살씩 나이를 속이는 건 참 우스운 노릇이었지. 같이 여행을 하면서 내가 대리로 숙박부를 적을 때는 천지인인가

---

* 미에현 시마 반도 도바시 서북쪽의 산.

** 아이치현 아쓰미 반도의 곶. 도바와 마주 보며, 이세만을 끼고 히요리산에서 멀리 바라다보인다.

*** 두루마기 모양의 긴 무명 홑옷으로, 목욕한 뒤에 입기도 하고 여름철에 실외에서 입기도 한다.

**** 지금의 도쿄.

뭔가라고 하며 선문답을 하듯 손가락 세 개를 펴서 불쑥 내밀고는 눈알을 번득이며 노려보곤 했어…… 쉰일곱 살이라고 적으라는 소리였지. 그런 양반이라니까…… 한데 여관집 하녀가 와서 식사 시중을 들고 있는 앞에서 어쩌다 그만 그 양반을 아버지라고 불러버린 게지…… 그랬더니만 외삼촌은 '주신구라에 나오는 요이치베*도 아닐 테고, 너 이 녀석 사다쿠로가 불러세우는 것처럼 부르지 마!' 하며 입술을 일그러뜨리고는, 외삼촌이라고 부르지도 못하게 하고 형님이라고 부르라고 분부를 내렸다네.

말하자면 나는 이 외삼촌의 수행인이었던 셈이지. 우리는 여행의 재미를 만끽했다네. 술 좋고, 경치 좋고, 좋은 날씨도 계속 이어졌지. 어딜 가더라도 여자들한테 환영을 받았어. 12월이었는데도 산길에 쑥부쟁이가 큰 송이로 한창 만발해 있었다네.

그렇게 이곳 구와나에서 욧카이치, 가메야마를 지나 이세로 가는 기차를 탔는데, 거기에는 우리의 공연을 따라 나고야로 갔던 사람들이 같이 타고 있었지. 그네들이 하나같이 우리의 거 뭐랄까…… 흥행이랄까…… 그 흥행에 대한 이야기를 하더군. 그럭저럭 내 평판도 좋았던 것 같았어. 외삼촌이야 물론 말할 필요도 없었지…… 내 입으로 말을 하면 우리 유파의 이름에 누가 될까봐 조심스럽지만, 뭐 아무튼 아무개라는 이름만 대면 세상이 다 알아줬지.

그런데 말이지, 우리 이야기를 하는 김에 이 이세에 들어오고 나서 반드시 같이 등장해야 할 사람이 있네. 바로 야마다의 후루이치에 사

---

* 『가나데혼 주신구라(仮名手本忠臣蔵)』의 등장인물. 하야노 간페이의 아내 오카루의 아버지이다. 『주신구라』 5단째에서 오노쿠다유의 아들 사다쿠로에게 죽임을 당한다.

는 소이치라는 안마침술사지."

떠돌이 악사는 그 이름을 말할 때 멍한 시선으로 천장을 응시했다. 뒤에서 등을 껴안듯이 서 있는 안마사에게도, 의자 가까이에 옷자락을 드리운 채 맞은편에 앉아 있는 안주인에게도 눈길 한 번 주지 않고 천장을 물끄러미 쳐다보면서 가슴 언저리에 피어오른 김도 잊은 듯이 손짓을 하며 말을 이었다.

"그래, 안마사였지. 어떤 이들이 하는 말을 들어보니 그 안마사는 원래 어떤 다이묘(大名)*를 섬기던 무사 집안의 후예였다고 하더군. 우리 유파와 마찬가지로 그 방면에서 뛰어난 기예로 유명한 곳이지. 그 종가와 본가가 모두 에도에 있는데도, 마치 그 모든 것을 후루이치에서 자신이 홀로 겸하고 있다는 듯이 스스로를 종가라는 의미의 소잔(宗山)이라 칭하며 우쭐댔다더군.

'그 거만함은 이루 말할 수 없지만, 기예만큼은 뛰어났어…… 본거지 도쿄에서 와서 그와 기예를 겨룬 모든 이가 하나같이 당혹감과 위협을 느끼지 않을 수 없었다네. 그 아무개도 두 손 들고 항복해버렸다지 않나. 만약 한쪽 눈만이라도 멀쩡했다면 미에현에서 썩고 있을 인물이 아니지. 이번에 나고야에 온 무리도 그래. 그래도 가짜는 아닐 테니까 딱히 소잔한테서 배우라는 말은 안 하지만, 이곳의 명물은 뱀장어 말고 도미도 있으니 그 맛도 좀 알고 돌아가면 좋으련만.'

약삭빠른 상인풍의 작자와 금 틀니를 한, 고장의 갑부라 여겨지는 뚱뚱한 작자가 이렇게 이야기하는 것이 귓가에 들려왔지.

---

* 헤이안 시대 말기에서 중세에 걸쳐 많은 영지를 가졌던 봉건 영주.

그런 중에도 외삼촌은 꾸벅꾸벅 졸고 있었던 모양이야. 하지만 혈기 왕성한 나는 목도리에 얼굴을 가리고 노려보듯이 두 사람을 봤다네.

후지야 여관에 도착하고 나서도 일부러 외삼촌을 홀로 욕탕에 보내 놓고는…… 하녀에게 잠시 물어봤지…… 인사하러 온 지배인에게도 안마사 소이치, 그러니까 소잔이라는 이러이러한 예능인이 있냐고 물었는데, 어느 누구나 답변이 똑같았지. 그게, 내가 생각했던 것보다는 유명한 모양인지 실제로 얼마 전에도 후지야에서 묵었다더군. 아무개 영감님의 분부로 가미시모* 정장 차림으로 연회를 열었을 때 '거 참, 쓰즈미가타케가 가까운 탓에 내 이런 기예를 경험할 수 있었네. 이만한 마쓰카제(松風)**는 도쿄에서도 들어볼 수 없지'라고 칭송했다지. 그러면서 '그치들에게도 들려주고 싶네'라고 소잔님께서도 말씀하신다고 슬쩍 말하더군.

내 동료들을 '그치들'이라고 하다니—

나 역시 그치들 중 한 명인데 말일세……"

---

* 남자 정장의 일종으로, 소매 없는 가타기누와 아랫도리인 하카마로 이루어진다. 에도 시대에는 무사 외에 신분 높은 상인들도 많이 입었다.

** 전통예능인 노(能)의 명곡.

13

"그들이 하는 말을 더 들어보니, 그 소이치가 후루이치 변두리에서 작은 요릿집을 하면서 첩을 세 명이나 두고 있을 정도로 대단한 위세가라고 하지를 않겠나— 무슨! 안마사 주제에 감히 소잔이라는 이름을 붙여가며 제 스스로 종가나 본가인 양 행세를 하다니, 어이없는 놈 같으니라고.

안마사 양반, 이렇게 말하는 것은 이야기를 해나가기 위해서는 어쩔 수 없는 일이니 좀 무례하더라도 용서해주시게."

악사는 이렇게 말하며 콕콕 쑤시는 듯 슬그머니 가슴을 눌렀다.

"나중에 알고 보니, 심지어 신슈의 농사꾼들조차도 도쿄의 연극 따위는 진짜 멧돼지도 안 쓴다면서 얕본다고 하더군…… 이봐, 미야시게 무가 일본에서 제일간다고 한다면 무청절임도 일본 최고요, 게다가 이 구와나의 대합구이도 도쿄나 교토, 오사카 것과는 비교가 안 되겠지.

그냥 그렇게 제 잘난 멋에 살라며 대수롭지 않게 생각하면 될 것을, 액년을 맞이하기 바로 전 해인 스물넷의 혈기 왕성한 나이였던 터라 괜스레 짜증이 났던 거겠지. 무엇보다도 그 소잔이라는 작자가 마음에 안 들었다네. '그치들'이라는 말도 괘씸하기 짝이 없었거니와, 첩이 셋 있다는 말에 그만 속이 발끈 뒤집혔던 거지.

메이지 유신 이래 세상이 바뀌면서…… 한동안 우리네 가업이 기울어 동료들이 입에 풀칠하기도 힘들었던 모양이네. 무사로 치면 만석의 영지를 소유한 다이묘 신분의 예능인이, 참 나, 이쑤시개를 깎지를 않나, 캐러멜로 과자*를 노점에서 팔지를 않나…… 메밀국수 가게 배달원이 된 자도 있지. 나의 외삼촌 같은 이는 시골 관공서에서 사환일을 하면서 탁주 찌꺼기에 취해 논두렁에 나자빠져 잠자는 신세였다네……

이보게, 그 여동생이 말이지, 그러니까 내 모친이 후리소데**를 입던 꽃다운 시절에 곤란한 지경에 빠졌었지. 얼마간의 재산을 모은 안마사 녀석이 몇 푼 되지도 않는 돈을 꿔준 걸 구실로 첩으로 삼겠다며 따라다녔다네. 하마터면 발길을 잘못 옮겨 가마를 타지 않고선 지나다니지도 않던 스미다강에 몸을 던질 뻔했다지 뭔가. 그 이야기에도 기분 나쁜 안마사가 등장하지.

---

* 황설탕에 물을 부어 끓인 뒤 소다를 넣고 휘저어서 부풀린 과자. 바삭바삭 씹히는 식감과 더불어 캐러멜과 유사한 풍미를 느낄 수 있다.

** 미혼여성이 입는 소맷자락이 긴 정장 기모노.

그래.

난 소잔에게 이렇게 말해주고 싶었네. '기다려! 앞 못 보는 그 두 눈을 고쳐서 네놈의 분수를 제대로 깨닫게 해줄 테다'라고 말이야.

그러고 나서 다음날은 삼가 옷깃을 여미고 신궁에 가서 참배를 했지.

그 거룩한 기운을 받아서 그런지, 그날 밤만은 술을 약간만 걸치고도 금세 취해 초저녁부터 잠자리에 들었네. 외삼촌의 이부자리를 가지런히 해드린 다음 머리맡에 물을 놓고는, 하녀에게 '요 앞에 구경 좀 하러 다녀오겠네'라고 말했지. 구멍을 틀어막고 소잔을 퇴치할 생각으로 말이야.

이런 마음을 먹고 여관 밖으로 나왔는데, 마침 바람이 거칠었다네. 그 사나운 바람은 이스즈강에서 갈려서 우지바시 다리 건너편까지는 불지 않겠지만, 두 신궁 사이에 있는 아이노야마*의 긴 고개 기슭에서부터 우르르 불어 올랐지…… 그런데 그 바람이 기분 나쁘게도 미지근한 것이, 등불 앞에서 모래먼지가 노랗게 일었다네. 달은 구름에 가려 잔뜩 흐려 있었지. 가미지야마의 나무는 푸르러도, 후타미 해안의 파도는 하얗더군. 바람이 엄청난 기세로 확 불어와 나는 그만 휘청거리고 말았다네. 모자가 바람에 날려서 그대로 후지야 여관 쪽으로 날아갔지…… 그렇게 바람을 떠안고 걸어가는데, 마치 스님이 게이샤를 만나러 갈 때 사람들의 눈을 속이려고 하오리**를 걸친 것처럼 소맷자락이 유난히도 펄럭거렸지. 실은 갈아입기도 귀찮았던지라 낮에

* 미에현 이세시의 지명으로, 이세신궁의 내궁과 외궁 사이에 있으며 근세에는 유곽도 있었다.

** 일본 옷 위에 입는 짧은 겉옷.

신사참배를 하러 갈 때 입었던 예복 차림이었다네— 나는 하오리를 간단히 개서 품속에 쑤셔넣고, 무슨 멋인지 수건으로 얼굴을 감쌌네.

떠돌이 악사가 될 징조였지. 우스운 꼬락서니 아닌가?"

악사는 이렇게 말하며 한 손을 소매를 통해 어깨와 겨드랑이 사이로 깊이 질러넣었다. 그리고 다른 한 손으로는 목표물을 겨냥하듯 찻종을 붙잡으면서 이렇게 말했다.

"그런데, 후루이치에 갔더니 아직 초저녁인데도 황량하고 쥐 죽은 듯 고요했다네…… 처마가 삐거덕삐거덕 울리면서 처마 끝에 걸린 초롱불이 흔들거릴 뿐이었지. 그리고 이따금 샤미센 소리도 들려왔는데, 마치 죽어서 샤미센 몸통에 제 가죽을 남긴 고양이가 환생해서 지붕 위로 날아오르는 듯한 느낌이었네. 뭐, 그렇다곤 해도 별로 대단한 일은 아니지. 오늘밤 이 쓸쓸한 유곽 거리에 거센 바람이 휘몰아친 것쯤으로 생각하면 되네.

약간 움푹 팬 땅 위에 집이 한 채 서 있었는데, 하수구 덮는 널빤지 위로 곧장 대나무 난간이 들어서 있었지. 붉은 양탄자 끝자락이 위로 말려올라가 다다미 위에 빨간 섬처럼 자리잡고 있었다네. 램프에서는 연기가 피어올랐는데, 새하얗게 분을 바른 아가씨가 그곳에 홀로 앉아 있었어. 바로 그 공기총이랑 바람총 놀이를 하는 오락장 안으로 바람에 떠밀리듯 들어갔다네.

입구 쪽의 총을 조준하는 난간에 팔꿈치를 짚은 채로, 눈동자에서 괴이한 빛을 발하는 득도한 얼굴의 달마 인형과 아가씨의 얼굴을 번갈아 노려보면서 '이 근방에 소잔이라는 안마사가 있소?'라고 물었지. 불시에 들이닥치려 해도 상황 파악이 전혀 안 되면 곤란하니까 한번 형편을 살필 생각이었던 게지.

'선생님 말씀인가요? 계십니다.'

놀랍게도 그 원수 같은 작자에게 선생이라는 칭호를, 그것도 '님'이라고 존칭을 붙여서 부르는 것이 아니겠나?

'실은 그 사람이 할 줄 안다는 그 노랫가락을 한번 들어보고 싶어서 찾아왔소만, 누가 가더라도 부탁을 들어주는 위인이오?'

내가 이렇게 물으니, 무늬가 들어간 포렴 뒤에서 귀밑머리가 흐트러진 바싹 마른 젊은 여자가 창백한 얼굴을 내밀고는 이렇게 말했다네.

'교분이 없는 나그네 분에게는 어떻게 대하실는지 모르겠습니다만, 원하신다면 안으로 안내해드릴 수도 있습니다.'

그래, 행하를 두둑이 주고 안내해달라고 말했지.

여자는 '안내해드려라. 좋은 손님이시니까 특별히 신경 써드려'라며 눈짓을 했다네…… 이렇게 의외로 일이 손쉽게 풀려갔지. 아까 그 분을 바른 아가씨가 갑자기 난간을 넘어와 길을 안내하더군."

14

"양 소매로 입을 막고는 고개를 숙인 채 바람을 가르며 걸어갔다네…… 그 아가씨의 안내로 어느덧 맞은편 골목으로 들어섰지. 사방에서 바람이 세차게 불어닥치니, 문은 모두 닫혀 있는데 수상쩍은 초롱불만 하늘하늘 흔들려 보였다네. 어수선하게 양쪽으로 죽 늘어선 단층집들 가운데, 하수구 덮개가 넓고 격자문이 있는 그 집 한 채만 이층집이었지.

처마에 '간편 요리'라는 글씨가 적혀 있는 바로 그곳이 소잔 선생의 집이었네.

'손님이오.'

아가씨가 문간에서 이렇게 말하며 들여보내줘서 안으로 쓱 들어갔지. 들어가고 보니 거기에 나무 화로를 둘러싸고 세 명의 여자가 앉아 있었다네. 어떤 이는 한쪽 무릎을 세우고, 또 어떤 이는 다리를 모아 옆으로 비스듬히 하고 앉아 있었지. 나머지 한 명은 나무 화로 가장자리에 놓인 판자 위에 팔꿈치를 대고 손으로 턱을 괴고 있더군. 가게 안은 손님도 없이 한가로워 보였다네…… 마루 정면에 폭이 좁은 사다리 계단이 나 있었지.

'객실은 이층이오?'

나는 이렇게 불쑥 말하고는 얼굴을 감싸고 있던 수건을 풀고 위로 올라가려고 했지. 그랬더니 여자들이 '오늘은 바람이 세서 등불을 놓지 않았어요. 어두컴컴하니까 잠시만 기다리세요'라면서 술렁거리기 시작했어. 그런데 그 순간 바람이 세차게 불어닥치더니 위에 매달려 있던 램프의 불이 훅 하고 꺼졌다네.

바로 그때, 옆방 불빛에 어슴푸레 비쳐 칸막이 미닫이문 두 장이 눈에 들어왔지. 한가운데 확 비친 것은 이마가 나오고 입술이 툭 튀어나온 중 모습을 한 요괴의 그림자였어. 음, 그 얄미운 소잔이란 놈이 이 방 안에 있는 게로군. 이런 생각을 하고 있었는데, 얄궂게도…… 그 그림자의 등 뒤에 매달려서 그놈을 주무르고 있는, 가냘픈 몸매에 시마다마게* 머리모양을 한 여자의 그림자가 또렷하게 비쳤지.

한쪽에서는 '성냥, 성냥' 하고 여자들이 난리 난 듯 외치는 가운데 '에헴' 하고 헛기침을 크게 해대고는 커다란 손으로 재떨이를 들어올리더니만, 잠시 후 담뱃대를 들고 있는 모습이 비쳤다네— 바로 그때 소매를 펼친 탓에 소잔의 몸집이 갑자기 배는 더 커 보였지. 그 작자,

---

* 미혼여성의 머리모양의 하나.

솜을 두텁게 둔 옷을 입은 모양이었어.

겨우 테이블 램프에 불을 붙였다네.

'많이 기다리셨죠? 자아.'

그중 한 여자가 이렇게 말하면서 2층으로 안내했지. 바람총 놀이를 하는 오락장에서 보내온 아가씨는 어찌 됐나 싶어 계단 중간쯤에서 슬쩍 보니, 거기 있던 여자 뒤쪽에, 화로에서 떨어져 무릎을 꿇고 고개를 숙인 채 앉아 있었네.

'저 여자애로 괜찮으시겠어요? 재 말고 다른 애도 있는데요.'

현관 쪽에 있는 다다미 여섯 장짜리 객실에서 이렇게 작은 소리가 들렸지. 아하, 무슨 장사를 하는지 대충 알겠다 싶은 생각이 들었는데, 그 여자가 갑자기 큰 소리로 이렇게 묻더군.

'주문은 어떻게 하시겠어요?'

'담백한 걸로 갖다주게나. 한데 말이지.'

실은…… 이곳 안마사 주인 양반의 노랫소리를 한번 들어보고 싶다고 말을 했지.

'노랫소리?'

……그러면서 그 여자가 말이지, 조롱하는 듯한 묘한 미소를 지었다네.

'선생님의…… 소리를 말씀하시는 건가요? 당장 말씀드리죠.'

그러고는 지옥으로 손님을 안내하는 그 계집이 옷매무시를 고치더니 아래로 내려가더군. 잠시 뒤에 올라온 건 나이 어린 열예닐곱 살짜리 처자였는데 말이지…… 이거야말로 흔히 하는 말이지만 개천에서 용 났다고 해야 할지, 그야말로 군계일학이었어. 오비나 옷깃도 모슬

린이긴 했지만 단풍처럼 아름다웠지. 시마다마게 머리의 한가운데를 얼룩무늬 천으로 묶어서 볼록하게 솟아올렸는데, 거기다가 옥색 홀치기염색 댕기를 둘렀더구먼. 야, 세 명이나 있다던 그 첩 중의 한 명인가? 아마테라스 오미카미(天照大神)*를 모신 신궁 곁에서 이 무슨 말도 안 되는 짓거리인가! 방금 전에 소잔의 등을 주무르던 시마다마게 머리 그림자의 주인공인 듯했네. 아깝도다! 이스즈강의 별처럼 맑은 그 눈매도 흉측한 메기 지느러미로 더럽혀져 탁해지겠거니 하는 애절한 생각이 절로 들었지. 그 처자가 보라색 명주 수건 위에 묽은 차를 얹어서 가져왔다네.

야, 본가의 자존심도 있겠다, 그 노랫소리를 들으러 왔다고 하면…… 손님에게 우선 격식을 차리라고 하카마를 입게 하는군. 진검승부라, 참 재미있어. 그래, 이쪽도 그런 마음가짐으로 품속에서 하오리를 꺼내 입었지.

얼마 안 있어 잔이라고 또 들고 온 게, 글쎄 주홍색 칠기 바탕에 후타미 해안을 금가루로 그린 술 받침대에 차려오지를 않았겠나. 정말이지 대단하다고밖에 할 수 없더군.

'우선 한 잔 드시고 이쪽으로 오시죠.'

안마사가 거의 명령하듯 잔을 권했지. 그 말하는 태도가 마치 정중한 마음가짐으로 들으라는 듯 꽤나 거만해 보였다네.

그리고 안마사는 거기에 털썩 자리 잡고 앉았지. 그 앉은 모습이 무릎이며 배가 땅딸막하고 목이 몸통 한가운데만큼이나 굵더군. 귀에서

---

* 일본 신화에 나오는 태양신으로, 황실의 조상신이다. 이세신궁의 내궁에서 모시고 있다.

부터 미간에 걸쳐 작은 뱀처럼 근육이 꿈틀꿈틀 움직였다네. 눈썹이 얇고 코가 납작한데다 또 입술은 어찌나 두껍던지. 그뿐만이 아니었네. 광대뼈가 툭 삐져나와서 이로 씹으면 딱딱 소리가 날 것만 같았어. 왼쪽 눈은 완전히 멀었는데, 오른쪽 눈마저도 흰자위가 획 뒤집혔더라고. 게다가 얼굴이 온통 검은 마마 자국투성이였지.

무엇보다도 어깨가 볼품없이 축 처져 있는 게 불구자라는 사실을 숨길 수 없었어. 깃을 뒤로 젖혔는데, 고개를 푹 숙인 탓에 목덜미가 다 드러날 정도였지."

15

"아니, 특별히 내가 심술궂은 말을 하는 게 아니야."

미나토야의 하녀가 앞치마를 두른 무릎에 힘을 주었다— 그 곁에는 젊은 게이샤가 부드럽고 풍성한 머릿결의 시마다마게 귀밑머리가 무거운지 고개를 폭 숙이고 앉아 있었다……하얀 목덜미에 연분홍빛 민무늬 비단 속옷의 어깨가 드러나 등줄기까지 썰렁해 보였는데, 풀 죽어 있는 그 가냘픈 모습이 마치 이 추운 계절에 간신히 살아남아 버티고 있는 한 송이 연보라색 쑥부쟁이 같았다. 스무 살쯤 되어 보이는 젊은 게이샤는 파르스름한 빛깔을 띤 연보라색 지리멘* 겹옷 차림을 하고 있었는데, 하녀가 그 쓸쓸한 자태를 곁눈질로 흘긋 보면서 다시

* 바탕이 오글오글한 평직 비단.

입을 열었다.

"이 연회는 이쯤에서 끝내도록 할 테니까, 얘, 넌 얼른 안으로 들어가봐…… 시마야의 오미에 씨지? 오미에 씨, 그만 돌아가요!"

하녀는 이렇게 쏘아붙이듯이 말했다.

"자네가 알아서 손님들 비위를 잘 맞춰줄 거라 믿었던 터라 우리 집 젊은 아이 하나만 딸려 보내고 나는 부엌에서 열심히 일하고 있었더니만…… 어떻게 무례하게 그럴 수가 있어? 손님들이 나이 든 양반들이라서 마음에 안 들었던 거야? 야마다에서 온 지 얼마 안 됐다고 우리 집을 얕잡아봤는지, 손님이 술 따르라는데 시큰둥한 표정이나 짓고 말이야…… 샤미센 좀 타보라고 말씀하시는데 콧방귀를 뀌었다며? 옆에 있던 기노가 얼마나 기가 찼으면 보다 못해 귀띔을 해주러 나왔겠어?

아까부터 내가 입이 닳도록 자네 비위를 맞춰가며 듣기 좋은 말로 교토의 요시코노* 샤미센 곡이라도 하나 들려달라고 했건만. 손님들이 얼마나 적적했으면 연회 분위기가 다 썰렁해졌겠어? 보라고, 촛대의 불까지 다 희미해져가니 말이야. 그렇게 부탁하듯 얘기를 해도 난 못한다고, 할 줄 모른다고 끝까지 우겨대고. 샤미센 연주를 하면 안 되는 무슨 이유라도 있는 거야? 아무리 잘 못한다고, 할 줄 모른다고 해도, 그럭저럭 샤미센으로 축가 하나 연주 못할 게이샤가 어디 있어?

생각을 좀 해보라고. 평범한 연회인지 아닌지, 손님들의 인품을 보

* 에도 시대부터 메이지 시대에 이르기까지 유행한 노래. 중간이나 끝에 '요시코노 요시코노'라고 장단 맞추는 소리를 한다.

면 알 텐데 말이야. 도대체 자네는 손님들한테 뭘 보여드릴 생각이야? 저분들 뵐 낯이 없네. 자, 어서 일어나게나. 그래, 내가 샤미센 상자를 들고 올 테니까 말이야."

방금 전까지만 해도 상냥하던 이가 이렇게 말하고는 새침하게 일어나더니 장지문 옆에 뉘어놓았던 샤미센을 매몰차게 집어 불쑥 일으켜 세운다.

"어머머."

오미에는 황급히 치맛자락을 밟으며 매달리다시피 하녀의 무릎을 껴안고는 소매를 잡아당겨 샤미센을 붙들었다. 무너져내리는 듯한 그 모습이 마치 떨어지는 작약 꽃잎처럼 보였다.

"잘못했어요. 용서해주세요, 용서해주세요."

오미에는 숨이 넘어갈 듯 울먹였다.

"손님이나 이 여관에 제가 어찌 실례를 범하겠어요. 정말, 저 정말 샤미센은 탈 줄 몰라요, 언니."

이렇게 말하더니 한동안 말을 잇지 못했다……

"방금 전에도 말이죠, 다른 연회석에서 한쪽 구석에 앉아 있었거든요. 평소 같은 자리도 아니고 입대 송별회라고 다들 흥청거리며 놀고 있는데, 샤미센 연주도 못하는 게이샤는 앉혀놓을 수 없다질 않겠어요? 기모노를 벗고 춤을 추면 봐주고, 싫으면 내보내겠다고…… 저 혼자 발걸음을 돌려서 주인집에 돌아가서는 곧장 주인어른한테 엄청 곤욕을 당했어요.

샤미센을 탈 줄 아는 것도 아니고, 춤을 출 줄 아는 것도 아니고, 그렇다면 연회석에서 기모노라도 벗어야 할 텐데, 그마저도 못하겠다면 집에서라도 벗으라면서 오비고 뭐고 할 것 없이 냅다 벗기고는 부엌에서 엎어뜨리더니, 일부러 지붕의 천창 끈을 잡아당겨 열었어요. 차가운 달빛이 비치는 그늘 밑에서 부끄럽게도 드러난 제 젖가슴에 자루 달린 바가지로 물을 떠서 계속 끼얹었지요.

그런데 이 댁에서 연회가 있다고 불러주시니까, 이번에는 또 주인어른이 고타쓰로 따뜻하게 데운 속옷을 입히고는 도쿄에서 오신 손님이니만큼 신경 써서 잘 접대하고 오라며 비장의 기모노를 꺼내주고 손수 굽 낮은 나막신까지 내놓더라고요.

접대를 한다고 해도 뭘 어떻게 해야 할지…… 저는 춤의 '춤' 자도 모르는데. 그럼 샤미센은 어떤가 하면, 그야 손으로 건드려서 소리 못 낼 사람은 없겠지만, 저보고 연주를 하라는 게 아니겠어요. 제가 무슨 재주로 샤미센을 타면서 노래를 부를 수 있겠어요……

사지가 멀쩡한데도 이 모양이니 참 한심한 노릇이죠. 혼자서는 샤미센의 음을 조절할 줄도 몰라요. 도대체 뭘 어떻게 해서 버텨야 하나 고민만 하다보니 점점 기가 죽었어요. 그래, 말도 변변히 못하고 있었으니, 뭐가 맘에 안 들어서 저렇게 인상을 쓰고 있나 하고 손님들이 생각하셔도 무리는 아니죠……

이 댁에서 부엌 설거지를 시켜주시면 제가 거들게요, 언니. 네, 언니?"

오미에는 소매를 쓰다듬으면서 울먹이는 눈매로 염치없이 고개를 들어 하녀의 얼굴을 올려다보았다…… 그러자 하녀의 안색이 금세 누그러들어 세워놓은 샤미센 손잡이도 흐물흐물 휘어질 것처럼 보였다. 그 표정을 읽은 오미에는 이번에는 고개를 돌려 두 손님을 쳐다봤다. 여전히 하녀의 소매를 자신의 볼록한 비단 오비 매듭 부분에 붙잡아놓은 채……

16

오미에는 다시금 두 노인을 향해 손을 땅에 짚었다.

"게이샤랍시고 와가지고는 아무것도 못해드려서 죄송합니다. 너무 부끄러운 나머지 도쿠리도 손이 떨려서 제대로 들지를 못했어요. 그냥 계집종을 하나 옆에 두셨다고 생각하시고 주무실 때까지 실컷 부려주세요. 등을 두드려드릴까요? 어디 등뿐이겠어요, 어깨도 주물러 드릴게요. 그거라면 제가 성심성의껏 해드릴게요."

오미에는 전혀 주저하는 기색 없이 앞머리가 다다미에 닿을 정도로 고개를 조아렸다. 그런 와중에도 세 손가락을 가지런히 모아 땅에 짚고 깍듯이 절하는 것을 잊지 않았다.*

---

* 여자의 인사예법으로, 엄지와 집게손가락, 가운뎃손가락을 방바닥에 가볍게 짚고 공손히 절하는 것.

책을 펴고 도보 여행기 그림을 잠자코 뚫어지게 보고 있던 네지베가 무거운 입을 열었다.

"자손 대대로 좋은 교훈이야. 여행 떠나 게이샤를 부르는 일 따위는 피차 앞으로 삼가세……"

그러더니 부젓가락에 손을 올려놓았다.

야지로베는 따분하다는 듯이 반쯤 감긴 눈으로 정면에 보이는 '임풍방가소루'를 바라보다가 그만 궐련이 짧아진 줄도 모르고 있었는데, 이때 그 담뱃불을 잘못 빨아들여 허둥지둥 궐련을 잿더미 속에 내던지고는 기침을 한 번 했다.

"그래, 이봐, 아가씨…… 행하는 좀 있다가 주지. 여기서 줄 수도 있지만 그 아이가 거북해할지도 모르니까, 어디 작은 방 같은 게 있으면 거기서 좀 쉬게 하고 같이 우동이라도 먹고 있게나. 돈은 내가 내줄 테니까. 그리고 뭐 재미있는 이야기라도 하면서 놀다가 적당한 시간이 되면 돌려보내라고."

야지로베는 차갑게 식은 술잔을 들고 씁쓸한 표정으로 쭉 들이켰다.

이보다 앞서 하녀는 우뚝 세워놓았던 그 샤미센을 옆방 어두운 구석으로 밀어넣고는 근육에 힘이 탁 풀린 듯 살이 맞닿을 정도로 바싹 다가서서 등불 그림자에 물처럼 흐느적거리는 오미에의 등을 묵묵히 쓰다듬고 있었다.

"시마야 주인이 그렇게 심한 짓을 했단 말이지? 알았어, 내가 우리 마나님한테 이 사실을 말씀드려서 주의를 주시게끔 해볼게. 걱정 말고 맘 편히 먹고 있어. 그런데 정말 용케도 얼굴에 상처 하나 안 입었네?"

하녀는 이렇게 말하며 오미에의 가녀린 팔을 쓰다듬어내렸다.

"그래, 그것도 다 자네 미모가 자기네 집의 자랑거리라 생각해서 그랬을 거야…… 아무튼 손님한테 고맙다고 말씀드려. 자, 그리고 이야기도 할 겸 마나님이 계시는 고타쓰 방으로 가서 몸 좀 녹이라고. 짧게 친 머리에 두건을 쓰고 계신 분인데, 지금 마침 양갱을 썰어놓고 차를 마시고 계셔.

그런데 말이야."

하녀는 오미에의 그 청순해 보이는 목 언저리부터 아름다운 귀밑머리를 엿보듯 이리저리 살피더니 이렇게 말했다.

"자네, 팔자로구먼? 샤미센은 정말 못 타는 겐가? 전혀 튕길 줄 몰라?"

그러면서 짐짓 달래듯 호호, 하며 웃는다.

남의 동정심에 마음이 녹아내렸는지…… 오미에는 꽁꽁 얼어붙은 눈물방울을 흩뿌리며 갑자기 울먹이는 목소리로 말했다.

"예, 신불께 기원을 드려보기도 하고, 소금기 있는 음식을 피하면서까지 빌어도 봤지만, 도무지 이해를 못하겠어요. 한 곡조도 제대로 타지를 못하거든요. 천성적으로 안 되나봐요."

캄캄한 겨울밤 촛불에 한 떨기 흰 매화와도 같은 게이샤의 얼굴이 비쳤다.

"춤도 못 춰?"

"네에……"

"못난이처럼 울지 말고, 자아, 한 잔 받으라고! 힘 좀 내. 앞으로 어떤 자리에 불려가더라도 겁내지 말라고. 마음가짐 하나로 어떻게든 되게 마련이니까, 전혀 신경 쓰지 말고 마음껏 샤미센을 잔잔 울려대라고. 고토*도 호궁**도 필요 없어. 징이랑 바라를 두드리고, 생황을 삐이삐이 불라고. 잘하는지 못하는지는 아무도 모를 테니까 말이야. 그러면 적어도 기예가 없다는 말은 안 듣겠지. 춤을 못 춘다면 대신 체조를 하면 되지. 이렇게 말이야. 하나."

야지로베가 좌우로 하오리 끈이 끊어져라 두 팔을 크게 벌려 가슴을 느긋하게 활짝 젖혔다.

"둘."

그러면서 두 손을 앞으로 쑥 내밀어 우스꽝스러운 동작을 하며 힘을 북돋워주려는 듯 껄껄댔다.

"아무튼 이 정도는 할 수 있지 않나? 아니지, 이것도 배짱이 있어야 가능한 일이지. 겉보기에 그렇게 마음이 약해가지고는 어떤 일도 마음대로 해내긴 어려울 테지. 가여운 노릇이구먼."

야지로베의 목소리가 잠겼다.

"저어…… 제가 스스로 말씀드리기는 좀 그런데요, 부끄러운 말씀이지만 무용 흉내를 조금은 낼 수 있거든요. 그것도 딱 한 가지만."

오미에는 고개를 숙이고는 부끄러운 듯이 또 손을 짚었다.

"무용할 줄 알아? 무용할 줄 아는 거야?"

하녀가 기쁜 듯한 목소리로 물었다.

"어쩜, 그냥 춤이라고 해서 못한다고 한 거구나? 무용을 할 줄 안다

---

* 우리나라의 거문고에 해당하는 악기.

** 작은 샤미센 형태의 현악기. 3현과 4현 두 종류가 있다.

면 어서 일어서봐. 이런 자리에서 주저할 게 뭐 있어. 기다려봐, 반주가 필요하지. 얘, 기노야, 저쪽 큰방에 가서 우리 오센 언니가 그리 말하더라고 하고, 아무나 샤미센 탈 줄 아는 게이샤 한 명만 잠깐 데려와봐."

멍하니 앉아 있던 기노가 이 말을 듣고 일어서려 하자, 오센이 고개를 갸우뚱하더니 뭔가 생각이 났는지 입가에 가볍게 미소를 띠며 말했다.

"잠깐, 잠깐 기다려봐."

17

"오늘은 보통 때와는 달라…… 한번 군에 입대하면 일요일이 아니면 못 나오거든…… 나라를 위해서는 어떤 고통도 감수해야 하지. 신병들의 송별회이니만큼 여자가 저렇게 많이 있어도 한 사람이라도 빠지면 흥이 깨질 거야.

좋아, 흔히 하는 말로 나그네는 객지에서 부끄러운 것도 잊고 자기 하고 싶은 대로 한다지만, 오늘만큼은 그 반대가 되겠네. 하룻밤만 묵으시는 손님들 앞이니 내가 염치 불고하고 샤미센을 마음껏 튕겨보도록 하지 뭐. 오미에 씨, 어떤 걸 출 건데? 하긴 연주할 줄 아는 곡인지 아닌지 묻는 것도 염치없는 일이네…… 이렇다 하게 탈 줄 아는 곡도 없지만 어떻게든 맞춰보도록 할게."

"어머, 언니!"

오미에는 샤미센을 가져오려고 일어서려는 오센의 무릎을 소매로 붙들며 부끄러운 듯 애교를 떨었다.

"반주만 있으면 출 수 있어요. 저 말이죠, 제가 할 수 있는 건 노 무용 흉내예요. 시마이* 말이에요."

오미에는 말을 맺기도 전에 오센의 무릎에 얼굴을 묻으면서 영감과 네지베에게 등을 돌렸는데, 그 모습이 참으로 앳되고 순수해 보였다. 조신해 보이긴 해도, 몸을 비벼대는 통에 옷매무새가 흐트러져서 그만 기모노 소매가 밀려 다다미 위로 속옷 소매가 길게 드러났는데, 그 모습이 자못 매혹적이었다.

"그래? 그 무용을 한다는 겐가?"

야지로베가 한마디 한다.

네지베는 무릎 위에 놓인 책을 탁 엎어놓더니 이렇게 말했다.

"자, 마시자고. 내가 따라 마시지 뭐. 여기서 노 무용 같은 걸 볼 필요가 있나. 정 하려거든 니치렌종(日蓮宗)**의 수도자가 법화경 북을 치며 외우는 나무묘호렌게쿄라도 한번 읊어보시게나. 하하하하."

웬일인지 걸걸한 목소리로 크게 웃어대니 천장까지 쿵 하고 울렸다.

"네지베 씨, 네지베 씨."

"어어."

귀찮은 듯 뒤늦게 겨우 대답을 한다.

"이게 다 『도카이도 도보 여행기』에 나오는 그대로 아닌가. 한번 구

---

* 노에서 주역이 가면이나 정식 의상을 갖추지 않고 다른 반주 없이 노래에 맞춰 추는 춤.
** 가마쿠라 시대에 니치렌이 세운 불교의 한 종파. 법화경으로의 절대적인 귀의와 나무묘호렌게쿄(南無妙法蓮華経)의 창제(唱題)에 의한 성불을 설법한다.

경해보는 게 어때?"

"아무튼 나는 생각 없네."

"그럼 자네는 눈을 감게나."

"거 참 재수 없는 소리를 하는구먼…… 내일 에도로 돌아가 귀여운 손자손녀 녀석들 얼굴을 보기 전까지는 죽어도 눈은 감지 못하겠네."

"이것 봐, 이것 봐. 하여튼 사람이 마음이 삐뚤어져가지고. 이러니까 내가 네지베라고 부르지. 마음대로 하시게나. 자, 아가씨, 그만 일어나. 이 영감한테는 더이상 신경 쓰지 말게. 아무리 기예가 없다손 치더라도, 우리 어깨랑 허리나 주물러주겠다며 스스로를 비하할 필요는 없지. 뭐든 하나 흉내라도 낼 줄 알면 충분히 게이샤로서 면목이 서는 거니까. 그래야 행하를 받아도 마음에 거리낌이 없을 테니 꼭 보고 싶네그려. 하지만 마음에서 우러나오는 대로 하게. 결코 강요하는 게 아니니까 말이야."

"저렇게까지 말씀하시잖아. 자, 어떤 걸 하는지는 모르겠지만, 서투른 곡이라도 상관없어, 상관없다고. 뭐 준비해야 할 것은 없나?"

"네."

그러고는 몸을 약간 일으켜 세우니— 마치 보라색 옷깃을 깨무는 것처럼 드러난 뺨이 가엾으리만치 수척해 보였다.

수줍은 듯 고개를 깊숙이 숙이고 품속을 들여다보나 싶더니, 오비 안쪽 흰 옷깃 사이에서 가느다란 진보랏빛 지리멘 꾸러미를 꺼내 휙 하고 펄럭이는 순간 촛불에 비쳐 뭔가가 반짝였다. 뱅어처럼 희고 가녀린 손가락으로 무거워 보이는 은빛 바탕의 큰 쥘부채를 쥐어든 것이다.

오미에는 공손히 받들어 앞머리에 들어올린 쥘부채를 옥비녀처럼 이마에 가져다댔다. 그러더니 그대로 조용히 부챗살을 펼치는데, 마치 밀물 파도 위에 드리운 달빛처럼 반짝이는 것이었다. 이내 얼굴을 가리고 나니 양쪽 겉살 밖으로 젖혀진 손가락만 언뜻 하얗게 드러났다.

또다시 강어귀의 썰물이 빠져나가듯 옆 객실 사람들의 왁자지껄한 소리가 사그라졌다.

쥘부채에는 교교한 은빛 바탕에 황금빛 구름이 수놓이고, 그 위에 감청색 달이 홀로 그려져 있었다. 그 쥘부채 뒤에서 맑은 목소리가 들려왔다.

"—그때 해녀는 '만약 내가 그 보배구슬을 가져오게 된다면 이 아이를 후사로 삼아달라'고 말씀을 올리었네. 그러자 그것은 어려운 일이 아니라고 말씀을 하셨기에, 해녀는 그렇다면 제 아이를 위해 버릴 목숨, 조금도 아깝지 않다며 결심을 했다네. 그리고 긴 새끼줄을 허리에 휘감고는 '만약 그 보배구슬을 가지고 나오면 이 새끼줄을 움직이겠네. 그때 모두 힘을 합해서—'"

이때 오미에는 더욱 힘을 실은 목소리로 말했다.

"'……나를 끌어올려주시게'라고 단단히 다짐을 하고 예리한 칼을 뽑아들어.*"

쥘부채를 야무지게 쥐고 소매를 바로잡는 모습이 무척이나 몸에 익

* 노의 대본인 요쿄쿠(謠曲) 「아마(海人, 해녀)」의 한 구절이다. 후지와라노 후히토의 소실인 해녀가 바다 속으로 가라앉은 보배구슬을 용궁으로부터 다시 찾아오면 아이인 후사사키를 후계자로 삼아주겠노라는 말에 따라 이 일을 완수하고 목숨을 잃게 되는데, 십삼 년 뒤 어머니의 극락왕생을 비는 후사사키 앞에 어머니의 혼령이 나타난다는 이야기이다.

어 보였다. 어느새 소녀다운 느낌은 사라지고 옷깃에 기품이 묻어나는가 싶더니 눈동자를 한 곳에 고정시켰다. 유리문 너머로 달빛이 내려, 서리 내린 강물을 하얗게 비추었다. 자리잡고 앉은 다다미 위로도 촛대의 꽃이 휙 하고 흘러 떠내려간다.

"아아, 기다려!"

네지베가 힘준 목소리로 말을 걸었다.

18

그러더니 네지베는 화로를 옆으로 끌어당기고는 이렇게 분부를 내렸다.

"아가씨, 여기에다 불 좀 더 넣어주게. 아니, 일어설 필요는 없어. 그 쇠 주전자를 치워주기만 하면 돼."

오센도 왠지 일어서는 데 몸에 힘이 들어갔다.

조용히 숯불을 옮기게 하면서 네지베는 무릎을 조금 움직여 가방 같은 것을 죄다 옆방으로 밀어놓았는데…… 단 하나, 그것만은 도코노마에 놓아뒀다…… 인력거 위에서도 목덜미에 걸치고 있던 보자기 꾸러미를 제법 무거운 듯이 양손으로 조심조심 들어서 무릎 위에 붙잡아두었다. 그러고는 오센의 얼굴을 피해 화로 위에 한쪽 손등과 손바닥을 번갈아 쬐면서 이렇게 말했다.

"아아, 거 오미에 씨라고 했던가? 아가씨, 손을 들게. 자, 손을 들고."

마침 오미에가 칼 동작을 취하며 막 일어서려던 것을 황급히 막은 것이다. 그때까지 오미에는 이마가 쥘부채에 거의 닿을 정도로 얼굴을 푹 숙이고 한 손은 다다미에 짚고 있었다. 쥘부채 너머로 입술연지가 꽃빛처럼 어렴풋이 비쳤다.

네지베의 말을 들은 오미에는 얼굴을 약간 치켜들면서 부채를 일단 스르륵 접었다. 그 쥘부채가 접히면서, 이제껏 부릅뜨고 응시하고 있던 야지로베의 눈도 따라서 스르륵 감겼다. 야지로베는 눈을 감은 채 아무 말도 하지 않았다. 화롯가에 내민 손가락이 부들부들 떨렸고, 손가락에 쥔 궐련에서는 소리 없이 담뱃재가 훌훌 흩어져 떨어졌다.

이때 네지베가 앉아 있던 방석에서 한 무릎 정도 앞으로 나와서 이렇게 말했다.

"차분하게 마음가짐을 새롭게 해서 다시 보여줬으면 하는데, 그러기 전에 먼저 이쪽으로 더 가까이 오게나. 그래, 지금 노래를 부를 때의 마음가짐과 그 동작, 가르침도 가르침이지만 배우기도 참 잘 배웠네그려.

이 정도까지 가르칠 수 있는 자는 전국을 통틀어 그자 외에는 달리 없을 게야. 대강 누구인지 짐작이 가지만, 넌지시 그자의 소식도 좀 들어보고 싶구먼. 자네도 잠자코 듣고 있게나."

네지베가 야지로베 쪽을 바라보며 눈짓을 한다.

"우선 누구한테, 어떻게 해서 노 무용을 배우게 됐는지 알려주겠나?"

"네."

오미에는 힘없는 목소리로 대답했다. 다시 철없는 어린 처녀의 모습으로 돌아와 울먹거리며,

"저, 아까도 말씀드린 것처럼 저는 서투르다 못해 음정을 맞출 줄도 모르고요. 게다가 이해도 더뎌서 나가우타(長唄)*의 〈저녁은 기다리고〉 같은 아주 쉬운 곡도 제대로 할 줄 몰라요. 얼마 전까지 있었던 야마다 유곽 신마치의 언니 한 분이 아침이랑 점심, 한가할 때는 밤에도, 하루에 세 번씩이나 샤미센을 가르쳐줬어요. 알아듣기 쉽게 차근차근 설명하면서 가슴속에 새기듯이 가르쳐주었는데, 저 스스로도 너무 실망이 컸어요…… 한 마디 익히는 데 열흘이나 걸렸는데, 간신히 흉내만 낼 수 있을 정도로 타게 되니까 정신없이 타다보면 생각 따로 몸 따로, 셋째 현을 튕긴다는 게 그만 첫째 현을 튕겨서 엉뚱한 소리가 나는 거예요.

줄을 끊어먹은 횟수보다 샤미센 발목으로 목을 찢기거나 담뱃대로 가슴을 맞거나 한 적이 더 많았죠.

그것도 별달리 매정하게 그러는 건 아니에요…… 제가 그 전에 도바(鳥羽)**의 유곽에 있었을 적에는 말이죠……"

라고 말했다.

"아아, 자네 도바에서 왔나? 도바면 시마(志摩)로구먼."

야지로베가 별안간 불쑥 끼어들었다.

"아뇨, 저는 원래 이세 출신인데요, 아버지가 돌아가시고 난 뒤로

---

* 가부키나 고전무용에 쓰이는 샤미센 음악.

** 미에현 시마 반도 북동부에 있는 도시.

계모 손에 팔려가게 된 거예요. 가서 보니 처음에 들었던 것과는 영 딴판이었어요. 손님이 하는 말을 듣지를 않으니까, 육지에서 못하겠거든 바다로 나가서 벌어오라더군요. 밤이 되자 벼랑 아래 선착장에서 남정네들한테 붙잡혀서 작은 배에 실려 바다로 나갔는데, 그들은 달이 떠 있어도 섬 주변의 그늘진 어둠 속을 찾았죠. 너무 위험하다는 생각에 마음이 조마조마했어요. 저는 물 위에 뜬 나뭇잎처럼 정처 없이 떠돌면서 고요한 바다 위에서…… 구슬픈 노래를 불렀죠. 그리고 제가 손님을 받지 못할 때는 '뱃사공들의 마음을 움직여서 여자가 그리워지게 만드는 주문이야. 이게 다 파리 날리게 한 벌이야'라면서 저를 배 밖으로 내쫓아 바닷물에 빠뜨렸죠. 그러고는 썰물이 진 바위에 올라서게 해서 바위틈 사이로 고개를 숙여 입을 맞추게 하고는 '이봐요, 저 어때요?'라고 부르게 했답니다. 젊은이들은 뱃머리에서 기다리고 있으면서 제가 소리를 멈추기라도 하면 소라 껍데기를 냅다 던져댔어요. 갯바람이 습기를 머금고 불어닥치는데, 그게 여름밤에도 얼마나 추운데요…… 더군다나 그 일이 있었던 것은 12월 한창 추운 때라 인근의 허다한 섬들이 다 눈으로 하얗게 뒤덮여 있었죠. 서릿바람으로 꽁꽁 얼어붙은 바위 모서리가 바늘처럼 날카로웠답니다. 바로 그 위에서 '이봐요, 저 어때요?'라고 말하며 입술이 저릴 정도로 울어댔죠. 목은 터지고 혀는 얼어붙은데다 바닷물을 뒤집어쓴 옷자락으로 싸늘한 한기가 스며들면서 그만 정신을 잃고 말았어요. 그러다가 조개껍데기가 몸을 할퀴는 바람에 배 위에서 간신히 정신이 들었는데, 불빛도 없는 것이 도무지 무슨 배인지 알 수가 없었죠. 그때 귀신 들린 막대기처럼 생긴 돛대 밑에서 단단한 가죽으로 된 커다란 손이 나와서 저를 덥석 거머쥐더니 꽉 끌어안는 거였어요.

하늘에는 푸른 별만 반짝이고, 바닷물은 어둠으로 온통 검게 물들었어요. 칠흑같이 어두운 밤에 피로 물든 연못에 빠진 느낌이 들었죠. 아아, 내가 과연 살아 있는 건지…… 물떼새도 울고, 나도 울고…… 아아, 부끄럽기도 해라."

그러더니 쥘부채를 들어올려 칼 동작을 취하고는 물처럼 출렁이는 기모노 소매를 얼굴로 가져가 슬쩍 가렸다. 사람 목소리는 들리지 않고, 그저 촛불만이 하얀 눈물을 뚝뚝 흘리누나.

이 이야기를 듣는 이들이여, 그대들은 히요리산 정상에서 펼쳐지는 도바 앞바다의 경치를 어떻게 바라보았는가. 시마의 섬들 주위로 자욱이 안개 낀 잔잔한 바다, 그것은 흡사 안개 내린 연못에서 학이 춤추며 날아다니는 듯한 화창한 경치로만 보이네만.

19

"계속 울고만 있으니까 성미가 우락부락한 선원들이 이런 울보를 살 바에는 이라코자키곶에서 해삼을 이불 삼아 야시마섬의 오징어를 갖고 노는 게 더 낫다며 타는 배마다 내쫓더군요.

그러면 또 그 바위 위로 내몰려서 서릿바람 속에서 '이봐요, 저 어때요?'라며 애원하듯 울부짖었죠.

손발이 꽁꽁 얼어서 조개껍데기처럼 딱딱해질지라도 '그리워요'라고 울부짖는 게 유일한 낙이었어요. 그 소리가 바위틈을 뚫고 앞바다를 건너 바다 저 끝까지 울려 퍼졌으면 했지요. 배도 이미 떠나고 밀물이 들었죠…… 차라리 그대로 돌이 되어버렸으면 싶었답니다. 그런데요, 손님, 저는."

그러면서 흐트러진 기모노 속옷 소매를 입에 물고 연분홍빛 띤 눈

꺼풀을 어슴푸레 드리우고는 말을 이었다.

"마음속으로만 오랫동안 연모해온 사람이 있어요…… 기예나 용모, 무엇 하나 내세울 것 없는 제가 주제넘은 말 같지만…… 설령 죽임을 당하거나 목숨이 다하는 한이 있더라도 제 몸을 더럽히고 싶지 않다는 소망이 있었어요.

또 어떤 날 밤엔 푸른 등불이 달린 배에 팔려갔다가 그 선원들의 말을 듣지 않았기 때문에 원래 있었던 배로 다시 내쫓겼지요. 저를 그 선원들의 배로 보냈던 젊은 사내가 뱃고물 쪽에서 작은 화로를 다리 사이에 끼고 탁주를 마시고 있었는데, 화대만 손해 봤다면서 이분이 보는 앞에서 저를 해녀처럼 바다에 빠뜨려서 마음을 달래야겠다고 하더군요. 달이 유난히도 밝은 밤이었죠.

갑판 사이에서 옷을 벗기고는 속치마 끈에 새끼줄을 묶고 거꾸로 매달아 바다 깊은 곳으로 가라앉혔어요. 점점 깊이 가라앉아 이제 밑바닥까지 다다랐나 싶었을 때 두레박처럼 삐걱거리는 소리를 내면서 물 위로 끌어올렸죠. 그러고는 머리에 묻은 물기가 채 빠지기도 전에 다시 바다 속으로 처넣었어요.

이때 말이죠, 그 정박해 있는 배에 나가사키 부근에서 온 삼촌 한 분이 타고 있었어요. 그 삼촌은 염치없이 저한테 용돈이라도 얻어볼 요량으로 묵고 있었답니다. 그 삼촌은 후타미에서 도바를 오가는 마차의 마부 일을 하고 있었어요. 그 삼촌이 추운 겨울에 셔츠 한 장에 바지를 입은 젊은 사내한테서 제가 그런 꼴을 당하는 게 너무 가엾다며 이세로 돌아가 그 이야기를 해줬기 때문에 거기서 나올 수 있었답니다……

바로 얼마 전까지 있었던 후루이치 신마치 유곽의 언니가 엄청난 돈을 내고 저를 꺼내준 거예요.

그 언니는 저한테 도바의 그 무자비한 인간들에게 앙갚음하겠다는 각오로 기예를 잘 익혀서 여봐란듯이 어엿한 게이샤가 되라며 두 눈에 눈물이 글썽글썽해가지고 샤미센 발목으로 쳐가면서 엄하게 가르쳐줬는데요, 제가 배울 팔자가 못 되는지 전혀 늘지가 않는 거예요.

손가락으로 샤미센 현을 쥐어가며 장단 맞추는 것을 잠깐 동안이긴 해도 하루에 세 번씩 일주일 내내 연습을 시키니 근처 이웃들한테도 얼마나 민폐였겠어요. 오죽하면 밥맛이 다 떨어진다고까지 하질 않았겠어요.

어느 달 밝은 밤의 일이었어요. 아아, 그 언니가 친절한 만큼 더 괴로웠답니다…… 뭘요, 몸이 힘들고 괴로운 것은 목숨이 끊어지면 그걸로 끝나는 일이죠. 차라리 다시 도바로 돌아가 그 바위에 매달려 '이봐요, 저 어때요?' 하며 울까 싶었죠. 속치마 끈에 새끼줄을 매달아 바다 속에 거꾸로 빠뜨려지는 게 마음이 더 편할 것 같았어요. 섬이며 바다가 다 눈 안에 들어오더니, 달빛 속을 비틀비틀 날아온 저승사자 물떼새에 이끌려 저세상으로 끌려갈 것 같은 생각이 들었답니다…… 그런데 바로 그때, 격자문 앞에 떠돌이 악사님이 온 거예요.

신마치의 달빛에 이슬 듣는 듯한 저 반짝반짝 빛나는 샤미센 소리에 맞춰 이런 노랫소리가 들려왔어요.

……하카타 오비 매고 지쿠젠 매듭 염색—

뭐라 형용할 수 없는 고운 목소리였죠. 노래가 끝나자 떠돌이 악사님이 이렇게 말했죠.

'이거, 변변찮은 솜씨로 시끄럽게 해드렸소이다.'

그러더니 그대로 가려고 하더군요.

'아아, 어쩜 저렇게 소름 돋을 정도로 잘 부를까? 너도 나중에 저렇게 되어야겠다는 마음으로 이걸 갖고 가서 드리고 오렴. 복을 비는 마음으로 말이야.'

세로줄 무늬 지리멘 한텐을 입고 소매가 재에 닿을 정도로 푹 빠져서 차분히 끝까지 듣고 있던 언니가 나무 화로 서랍에서 돈을 꺼냈어요. 새틴*이 바스락거리는 소리가 들리더니, 오비에 끼워져 있던 종이에 그것을 싸서 제게 건네줬죠. 저는 그걸 쟁반에 얹어서 문을 열고 나갔는데, 악사님은 벌써 저만치 몇 걸음 앞에서 걸어가고 있더군요. 그래, 악사님의 뒤를 쫓아가서 그 앞에 다다랐더니, 달빛에 비친 저와 악사님의 그림자가 하나로 이어졌답니다.

'저기요, 이거 받으세요.'

이렇게 불러세워 쟁반을 내미니까 뒤를 돌아보면서 받으시더군요. 그때 저도 모르게 그만 그 손을 붙잡았는데, 왠지 눈물이 절로 나는 거예요. 남자면서도 샤미센을 이렇게 잘 타는 분이 계시다니, 적어도 그 손가락 하나만이라도 내 몸에 붙어 있으면 얼마나 좋을까, 하는 생각에 그만 떨리는 목소리로 흑흑거리며 울었던 거예요.

악사님은 얼굴에 수건을 감싸고 계셨어요. 그분은 제 손을 잡은 채

---

* 견직물의 일종으로, 수자직의 양복지.

잠자코 비스듬히 제 곁으로 다가와 '왜 우시오?'라고 다정한 목소리로 물었죠. 저는 부끄러움이고 뭐고 다 잊고 말았죠. 아무리 노력해도 정말 도무지 샤미센을 탈 줄 모르겠다는 이야기를 했어요."

20

"악사님은 제가 하는 말을 끝까지 잘 듣고는 한동안 가만히 얼굴을 보고 계셨지요.

'주인장한테 예능을 철저히 익힐 수 있도록 신에게 기원을 드리러 가겠노라고 말하고 동트기 전에 밖으로 나오시오. 쓰즈미가타케산 기슭에 있는 잡목림 안으로 오시오. 한 사흘이면 충분하겠지만, 주인장에게는 일주일은 걸린다고 말하시오. 당장 내일 새벽녘부터 시작합시다…… 무슨 말인지 알겠소? 젊은 처자 혼자서 밤길을 걷는 건 위험한 일이니 내가 이 입구까지 와서 기다려주겠소. 뭐에 홀렸다는 생각은 마시오. 이건 꿈이 아니니까……'

말을 맺자마자 악사님은 샤미센을 가슴에 바싹 대고는 검은 담장 그림자를 따라 홀연히 어둠 속으로 사라졌어요……

물론 악사 이야기는 일절 하지 않고, 새벽 세시부터 밤이 하얗게 샐 때까지 목욕재계하고 기원을 드리겠노라고 부탁을 하니 언니는 기꺼이 승낙을 해줬어요.

만약 발각되면 아무 미련 없이 죽을 각오였지요— 큰 은혜를 입은 주인 언니네 격자문을 보는 것도 이걸로 마지막일지도 모르겠다는 생각에 처마 밑으로 나와 뒤돌아서서 문 쪽을 바라보고 서 있었죠. 그런데 갑자기 '이리 오시오' 하면서 누군가가 등 뒤에서 손을 붙잡질 않겠어요? 바로 그 떠돌이 악사님이었어요.

각오는 단단히 하고 있었지만, 덴구(天狗)* 요괴한테 잡혀가는 줄만 알았어요.

그 뒤론 꿈인지 생시인지, 새벽녘에 집으로 돌아오고 나서 그 뒤로 이삼 일은 넋이 나간 것처럼 멍하니 지냈답니다…… 쓰즈미가타케산의 명곡 마쓰카제랑 이스즈강의 물소리도 들렸어요. 잡목림의 어둠 속에서 그분께 가르침을 받았죠…… 동작 하나하나, 손을 내미는 거며, 당기는 거며, 그저 등 뒤로 안겨서 그분이 움직여주시는 대로 제 몸이 춤을 추었죠. 그 외에는 달리 아무런 기억도 안 나요.

물론 악사님께 제가 전에 도바의 바다 속에 빠뜨려졌던 이야기도 했어요. 그런데 그분은 묘하게도 저와는 원수 같은 관계이기도 하고 여러 가지 일이 복잡하게 얽혀 있어서인지, 쓰즈미가타케산 기슭에서의 일은 절대 아무에게도 말해선 안 된다고 신신당부를 하셨어요. 그래서 지금껏 그 이야기를 입 밖에 내지 않았죠.

---

* 신통력이 있으며 하늘을 자유로이 날아다닌다는 상상 속의 요괴. 얼굴이 붉고 코가 길다.

닷새째 되던 날, 이제 그만하면 됐다며 이걸 연회 자리에서 선보이라고 하더군요. 적어도 기예가 없다는 말은 듣지 않을 거라며 기념이랄까 증표랄까, 이 쥘부채를 저에게 주셨어요."

그러고는 소매로 가슴을 폭 감싸더니 어깨를 부들부들 떨었다. 오미에의 귀밑머리가 살며시 늘어뜨려졌다.

네지베가 한숨을 쉬고는 고개를 끄덕이며 말했다.

"음, 잘 알겠네. 그자가 어떻게 가르쳤는지, 또 자네가 어떻게 배웠는지 더이상 말 안 해도 잘 알겠네. 한데 야마다에 있을 때, 뭐냐, 그 무용만 가지고는 손님들을 만족시키지 못한 겐가?"

"네, 처음에 노래를 불렀을 때는 모두들 와하하 하고 웃어댄 걸요. 개중에는 무섭다고, 겁난다고 하는 사람도 있었어요. 왜냐하면 제가 닷새 동안 덴구 요괴한테 홀려서 나다녔다는 소문이 퍼졌으니까요."

"그러게. 정말 스승이 귀신이 아니고서야 그렇게 짧은 시일 내에 그런 무용은 배울 수 없지. 음, 그런데 이세에도 노 노래를 부를 줄 아는 이가 다섯에서 일곱 정도는 있을 걸로 아는데, 그 친구들한테는 아직 보여주지 않았는가?"

"네, 호기심에서 한번 시험해보겠다며 부른 분도 있었습니다만, 노래를 하는 분이 저보고 전혀 실력이 안 된다고 말씀하시더니 금세 그만두고 서둘러 돌아가시더군요."

"허어, 과연 그 발장단이라면 웬만한 실력 가지고는 쩔쩔매다가 끝까지 버티지도 못하고 나가떨어질 게야. 하하하하, 장단 한 번 맞추려다가 아주 혼쭐이 나는 게지. 그래서 이 구와나로 옮겨오게 된 거구먼?"

"어떤 이는 여우나 너구리에 씌었다며, 또 어떤 이는 저 으르렁거리며 나는 모습은 올빼미 귀신에 씐 거라며 모두들 절 미친 사람 취급했어요. 언니도 떠나보내는 건 너무한 것 아니냐고, 제가 불쌍하다고 말씀하셨지만…… 주위 사람들이 봐주지를 않았죠…… 이곳 구와나의 시마야와는 서로 왕래가 없는 먼 사이지만, 주인이 언니의 친척 되는 분이라서 대신 맡긴다는 생각으로 이쪽으로 절 보내셨어요."

"저런, 그런데 거기서 또 비참한 꼴을 당하게 된 거군. 아무튼 그 이야기는 나중에 천천히 듣기로 하지…… 거 아가씨, 나도 마찬가지라네. 젊은 처자가 이렇게 신들린 기예를 선보인다는 게 너무 놀라워서 그만 도중에 멈추게 했지 뭔가. 미안하네. 자, 다시 일어서서 춤을 계속 추게나. 귀찮겠지만 한판 부탁하네. 나도 오래간만이라 감회가 새로운 게 무척이나 반갑구먼. 자네의 춤추는 모습을 통해 어디 그 젊은 스승을 한번 만나봐야겠네."

이렇게 말하는 사람의 무릎 위에 펼쳐놓은 그 보자기 속을 한번 들여다보도록 하자. 도사* 명인이 그린 듯한 고쓰즈미(小鼓)**의 주홍색 매듭 줄은 다쓰타강에 단풍잎 흘러가는 모습이요, 고쓰즈미의 양쪽 면은 달의 앞뒷면이로세. 옥 다듬잇돌 두드리니 천인(天人)***도 넋을 잃고 귀 기울여 들을진저. 옻칠 위로 구모이(雲井)라 이름 새겨진 비장(秘藏)의 몸통. 노옹은 아름다운 손놀림으로 마치 베틀 북이 날실

---

* 일본화의 한 유파인 야마토에(大和絵)의 도사파(土佐派)를 가리킨다.

** 노나 나가우타, 가부키에서 쓰이는 작은 북으로, 우리나라의 장구와 비슷한 형태이나 크기는 훨씬 작다. 왼손으로 매듭을 쥐고 오른쪽 어깨 위에 얹고 손으로 쳐서 소리를 낸다.

*** 불교에서 일컫는 천상에 사는 자로, 모든 주옥을 몸에 두르고 하늘을 날며 음악을 연주한다고 한다.

틈을 오가며 비단을 짜내듯 거침없이 고쓰즈미의 매듭 줄을 탄탄히 묶어 화롯불 위로 높이 치켜올렸다. 그러자…… 이 모습을 숨을 죽이고 놀란 듯이 지켜보던 오센은 엉겁결에 양손을 바닥에 짚고 머리를 조아렸다.

그의 기예에는 위엄이 서려 있었다. 이 네지베라 불리는 일흔여덟 살의 노옹의 본명은 헨미 히데노신(辺見秀之進). 근자에 들어 손자에게 가업을 넘겨주고 은퇴한 뒤로 셋소(雪叟)라는 이름을 쓰고 있는, 고쓰즈미로는 천하에 대적할 자가 없는 명인이다.

한편 그의 동행인 야지로베 영감은 노배우로, 이 유파에서는 당대 제일인 온치 겐자부로(恩地源三郎)이다.

이 두 사람은 쓰노카미* 후작이 이세신궁에 참배했을 때 열린 임시 무대 공연을 마치고 『도카이도 도보 여행기』에 나오는 두 주인공의 여로를 따라 귀경하는 도중이었다.

* 에도 시대 도쿠가와 쇼군(将軍) 일족 중의 한 집안인 오와리가(尾張家)의 분가, 마쓰다이라 세쓰노카미(松平摂津守)의 약칭이다.

21

한편 우동 가게에서는 떠돌이 악사 청년이 말을 이어갔다.

"그러고 나서 온갖 무게를 다 잡더니 이윽고 소잔이 노래를 부르기 시작했지.

노래를 들어보니 웬걸, 생각보다 꽤 잘하더군. 보통 안마침술사의 기예가 아니었어…… 쌩쌩 바람 부는 날 문 밖에서 이 목소리를 쏟아낸다 하더라도 삐이삐이 울리던 아까 그 피리 소리만큼이나 맑고 정갈한 소리로 들릴 걸세. 과연 내 동료들 가운데는 이 작자에게 '그치들' 취급을 당할 이들이 적지 않겠더군.

그러나 내 적수는 못 됐지. 그렇지만 기예란 가벼운 마음으로 대해서는 안 되는 법. 함부로 상대를 깔보지는 않겠노라고 마음을 다잡았다네. 그래서 무릎을."

이렇게 말하면서 악사가 고쳐 앉자, 악사의 어깨를 주무르던 안마사도 따라서 몸을 위로 일으켜 세웠다. 악사는 옷깃을 여몄다.

"……이렇게 무릎을 탁 치면서 잠자코 두세 번 장단을 맞추기만 해도, 이 장단이라는 게 예사롭지가 않다네…… 어릴 적부터 아비이자 스승인 외삼촌 무릎에 안겨서 배운, 가문 대대로 전해 내려오는 비전(祕傳)이지. 상대방 가락의 틈을 비집고 마음대로 박자를 늘였다 줄였다 하면서 소리의 무게감을 한껏 끌어올렸다가 목의 호흡을 한순간에 흐트러뜨린다네. 노의 독특한 기예의 세계를 알지 못하고 이 반복되는 강약의 박자를 이해하지 못하는 완전한 문외한이라면 장님에 귀머거리이니 전혀 신경 쓰지 않겠지만, 전문 예능인 나부랭이로 다소 소양이 있는 상대라면 통 하고 한 번 치기만 해도 벌써 멈칫멈칫 소리도 제대로 못 내면서 가락이 아주 형편없어지고 마니 말일세. 연회의 막간에 샤미센으로 통속가요를 연주할 때도 마찬가지지. 노래하는 이의 세련된 가락에 걸맞게 샤미센을 제때에 잘 맞춰서 튕겨주지 않으면, 호박에 침주기 식으로 반주의 힘을 영 받지 못해서 노래를 완전히 망치고 마는 게지.

과연 어느 정도 소양이 있는 작자인 만큼, 전문 예능인의 장단에 휘말려 목소리가 짓눌리게 되니 팽팽하게 긴장감 넘치던 가락이 금세 무뎌지면서 축 늘어지는 게 아닌가. 생각해보면 괜한 젊은 혈기로 실수를 저지른 게지. 나는 짐승처럼 비열한 인간이라는 말을 들으면 그만이지만, 상대는 어설픈 실력을 자랑하려다가 씻을 수 없는 수모를 당한 꼴이지.

가엾은 소잔. 순식간에 이마에서 땀이 비 오듯 흘러내리고, 다 죽어가는 목소리를 간신히 쥐어짜내니 턱 밑에서 가슴까지 진땀이 흘러내렸다네…… 그 커다란 입술이 해삼을 말린 것처럼 바짝바짝 마르기 시작하더니, 혀가 딱딱하게 굳고 숨이 가빠졌지. 노래를 부르면서 부들부들 떨리는 손으로 술병을 찾으려고 다다미 바닥을 허우적거리며 더듬어댔어. 아직 첫 장을 다 부르기도 전이었는데 말일세. 탁 하고 무릎을 한 번 치며 높은 장단을 넣었더니, 그것이 아랫배까지 울려서 저 밑바닥에서부터 가락이 뒤틀린 모양이었어.

하아, 하고 불같은 숨을 내쉬고는 그대로 앞으로 고꾸라지더니 개처럼 혀를 길게 내밀어 다다미 바닥에 늘어뜨렸지.

'선생, 어디 아프신가?'

이렇게 말하면서 나는 빙긋 웃었다네.

'제발, 부탁이니 꼭 좀 들려주시게. 이 소잔, 설령 귀머거리가 된다 할지라도 상관없네. 자네의 노래 한 곡 들어보지 못한다면 죽어도 눈을 감지 못할 게야.'

소잔이 주먹을 불끈 쥐고 숨을 가쁘게 몰아쉬며 말했지.

'안마사 양반.'

내가 물어봤지.

'오노에초의 후지야까지 어느 정도 떨어져 있는가?'

'그건 어째서 묻소?'

소잔이 물었어.

'거리에 따라서는 소리가 울려 퍼질 수도 있지. 사실 예까지는 몰래 왔거든…… 후지야에는 내 외숙이 잠을 자고 있는데, 거기까지 내 목소리가 들리면 곤란해서 그렇지. 용사(勇士)는 서리의 기운도 알아챈다지 않소. 그러잖아도 잠귀 밝은 노인네가 이 바람 때문에 잠도 못 이루고 어쩌다 깨어 있기라도 하면 큰일이지 않은가. 구경한 값은 여기 놓고 가리다. 그럼 이만.'

그랬더니 소잔이 감은 눈을 가만히 빙그르르 굴리더니 이렇게 말하는 거야.

'지금 잠시 장단을 맞추시는 것 하며…… 후루이치에서 오노에초까지 소리가 들리느냐고 말씀하시는 것 하며, 당당한 위풍과 젊은 나이로 보건대, 아직 단 한 번도 목소리를 들은 적이 없고 더군다나 얼굴을 본 적도 없지만…… 당대의 대가 온치 겐자부로 선생의 양자라 하는…… 온치 기다하치(恩地喜多八)* 씨가 틀림없소. 그렇지요, 온치 씨?'

내 이름을 정확히 부르더군.

아아, 취한다."

떠돌이 악사는 술잔을 탁 내려놓았다.

"내 이름이야 사방천지에 알려져도 상관없지만, 그리 되면 외숙한테 미안할 노릇이지. 두 사람 다 이 일은 아무에게도 말하지 말게나……"

그러면서 의젓한 자세로 안마사와 안주인을 차갑게 내려다봤다.

"나는 하오리 옷자락을 툭 털고는,

'틀렸다 해야 할지 맞았다 해야 할지 모르겠지만, 어쨌든 도쿄의 그치들 중의 한 사람이라네. 종가 중의 종가, 본가 중의 본가라는 뜻

---

* 『도카이도 도보 여행기』의 주인공 기타하치와 한자명은 같으나, 이 떠돌이 악사의 이름은 '기다하치'이다.

에서 소잔이라 칭하고 있다고 들었네만, 여기의 명물인 미역간장구이라도 사들고 도카이도 길을 따라오게나. 우리 집에 당도해서 부엌문으로 슬쩍 들어오면, 외숙에게는 비밀로 하고 더부살이하는 개구쟁이 녀석이 팽이를 돌리며 노는 틈을 타서 이 다카사고(高砂)*라도 잠깐 가르쳐줄 테니 말일세.'

이렇게 말하고는 쓱 일어났다네."

---

* 노의 대본인 요쿄쿠 중의 하나.

22

"그러자 소잔이 마마 자국투성이의 얼굴에 흰자위를 번득이며 비틀비틀 일어서더니, 분노를 억누르는 듯한 목소리로 말했다네.

'도련님, 보다시피 맹인의 몸인지라 안타깝게도 도련님의 얼굴을 뵐 수 없군요. 부디 만지게 해주시오. 붙잡게 해주시오. 한 번만 어루만지게 해주시오.'

아니, 내가 만지게 해줄 것 같소?

그 자리를 빠져나오려고 했지만, 다다미 여섯 장짜리 좁은 객실인데다가 장님이기는 해도 제 집인 것을.

재빨리 사다리 계단 출구를 막고 두 팔을 크게 벌렸지…… 천장 가득히 안마사의 검은 그림자가 드리웠는데, 그것이 마치 중의 그림자처럼 보였다네. 그 그림자가 비지땀을 흘려가며 날 만지려고 하는 거야.

정말이지 질투심과 집착으로 가득 찬 그 험악하고 기이한 표정은 아직도 잊을 수가 없어.

'싫소, 싫어. 싫단 말이오!'

나는 이렇게 말하면서 정신없이 안마사를 피해 나가려고 했지. 막고, 피하고, 몸이 엇갈리고 하다보니 가구라 무대*처럼 그다지 튼튼하지 못한 2층 바닥이 온통 삐걱삐걱하며 울렸다네. 게다가 바람은 또 어찌나 요란스럽게 불어대던지. 그저 검은 구름에 휘감긴 것만 같아서 덜컥 두려운 마음이 들었지. 정말 대단한 광경이었다네.

나는 갑자기 몸을 구부려서 힘껏 옆쪽으로 튀어나와 그 걸음으로 우당탕퉁탕하고 아래층으로 달음질쳐 내려갔지. 그랬더니 말일세, 소잔이 2층에서 이렇게 소리치는 거야.

'오소데, 막아!'

쉰 목소리가 바람을 타고 귀에 와 닿더니, 소란스럽게 떠들던 서너 명의 여자 중에서 아리따운 여자 하나가 훌쩍 나와서는 격자문이 열려 있는 문간 앞에서 나를 꽉 붙잡았다네. 불어닥치는 거센 바람에 붉은 옷자락이 휙 하고 휘감기듯이 내게 매달린 것은 시마다마게 머리의 한가운데를 얼룩무늬 천으로 묶은 바로 그 처자였지.

그림자를 드리워가며 등을 주무르고, 또 묽은 차를 내왔던 바로 그 소잔의 첩이었던 게지.

나는 뭔가 말을 할 듯한 그 처자의 시원스럽고 생기 넘치는 눈을 가만히 바라봤다네. 상관없겠지. 어차피 가는 마당에 좋은 말이라도 해

* 신사(神社) 경내에서 신을 참배하는 무악인 가구라(神楽)를 연주하기 위해 설치한 무대.

주고 떠나야겠다 싶었어.

'아리따운 분이로군요. 한데 아가씨, 설령 누구한테 죽임을 당하거나 목숨이 다하는 한이 있더라도 남의 노리개가 돼서는 안 되오!'

나는 이렇게 한마디 내뱉고는 그 손을 뿌리치고 나왔다네.

'어머!' 하고 외치는 여자의 소리를 뒤로한 채 휘몰아치는 바람을 맞으며 모래먼지 속으로 몸을 내던져 쏜살같이 달려서 돌아갔지.

나중에 안 사실이지만, 글쎄 그 처자는 첩이 아니었다네. 오소데라는 그 귀여운 처자는 소잔의 딸이었던 게야. 만약 그 처자가 딸인 것을 미리 알았더라면, 아니, 그때라도 눈치를 챘더라면, 설령 안마사가 부모의 원수라 할지라도 그렇게 모욕을 주지는 않았을 게야."

그러면서 악사가 갑자기 몸을 굽히고 고개를 푹 숙이니, 안마사의 손이 어깨에서 미끄러져 앞으로 쑥 나왔다…… 악사는 그 소맷자락이 드리운 그늘 밑에서 무의식적으로 떨어뜨린 술잔을 찾으며 말을 이었다.

"만약에 안마사가 찾아오면 그런 사람은 없다고 딱 잘라 말하라고 여관 사람한테 당부해놓았다네. 마침 다행히도 외삼촌은 세상 모르고 쿨쿨 잠을 자고 있어서, 그 곁에 나란히 깔아놓은 이부자리 속으로 쏙 들어가 이불을 뒤집어쓰고 기분 좋게 잠들었는데 말일세.

아아, 잠자리가 편했던 건 그날 밤뿐이었지.

왜냐고? 자고로 오만한 자는 뚝, 하고 꺾이기 쉬운 법. 바로 소잔이 그날 밤 내게 모욕당한 게 너무나 분했던지 그 분을 삭이지 못하고 스스로 자결하고 말았기 때문이지. '7대에 이르기까지 자손 대대로 천벌을 받을지어다'라고 손으로 더듬어가며 붓을 짓눌러 쓴 유서를 남기고 말이야. 그가 죽은 곳은 쓰즈미가타케산 기슭이었다네. 그 공터 잡목림에서였지. 날이 새고 바람이 겨우 잔잔해진 가운데, 그때껏 대롱대롱 흔들거리고 있었다지.

하지만 나는 무슨 일이 일어났는지 알 턱이 없었지. 바람도 멎고, 날씨도 맑았다네. 외삼촌은 한결 기분이 좋아졌지…… 후루이치를 떠나 후타미로 갔는데, 아침나절에 아사히관(朝日館)이라는 곳에 들어가 결국 그날은 그곳에서 묵기로 했다네…… 숙소도 정해졌겠다, 먼저 도바로 가서 구경을 한 뒤 돌아와서 느긋하게 쉴 생각을 했지. 그래, 곧장 인력거를 타고 산 정상에 걸려 있는 아침해를 바라보며 후타미 해안 위를 지나갔다네. 히요리산 정상에서 물결 잔잔한 푸른 바다를 바라보며 둘이서 반나절을 보냈지. 얼마 안 있어 아사히관으로 돌아와보니…… 이게 웬일인가?

여관 정문에 새까맣게 사람들이 모여들었고, 안의 복도에도 사람들이 북적이고 있는 게 아닌가? 내가 과장된 말을 하는 게 아닐세. 이세에서 우리를 만나러 온 것이었네. 안마사가 유서를 남긴 채 자살했다는 소식이 그날로 곧장 그 고장 전역에 파다하게 퍼졌던 게지. 그들이 말하기를 '소잔에게 한 일에 대해서 트집을 잡지는 않겠소. 기예로써 소잔의 숨통을 끊어놓을 정도로 위대한 분들인지라 이렇게 찾아왔소. 부디 하루만이라도 야마다에서 노래를 들려주시오'라고 하지를 않겠나? 그렇게 하오리에 하카마 정장 차림을 한 사람들과 프록코트 차림을 한 사람들이 우리의 노래를 듣고 싶어서 몰려든 거야.

이거 외삼촌이 화를 내지는 않으려나, 하며 마음이 조마조마했지. 아니나 다를까, 외삼촌은 그 사람들에게 내가 천하에 사려가 부족한 인간이라고 사죄하며 앞으로 일절 노래를 입에 담지 못하도록 하겠다고 말했다네. 그리고 나는 그 자리에서 즉시 파문을 당하고 말았어. 외삼촌은 '소잔이라는 맹인이 자신의 기예의 미숙함을 깨닫고 이를 분하게 여겨 죽음을 택한 것은 예도에 대한 결연한 의지를 보여준 행위이니, 내 그의 장례식에 참례하여 명복을 빌고 묘소에 노래를 올리겠소'라고 모여든 사람들에게 약속을 했고, 나는 그 자리에서 내쫓기고 말았네.

앞으로의 일은 전혀 알지 못한 채 그때부터 떠돌이 악사로 방방곡곡을 정처 없이 유랑하는 덧없는 나그네 신세가 되었던 게지."

23

“나고야 오스관음(大須觀音)* 뒷골목 거리의 한 고물상에서 우연히 샤미센 한 대를 손에 넣었는데, 내 신세와 비슷하게 그 샤미센도 세상으로부터 버림받은 놈처럼 보였어. 주머니 사정이 여의치 않아 싸구려 여인숙에서도 묵을 수 없는 밤이 잦아지면서 노숙하는 일도 많아졌다네. 교토와 오사카 지역을 두루 돌아다니다가, 저 멀리 규슈의 하카타까지 갔었지.

그러다가 왠지 이세에 오고 싶은 마음이 들어 서둘러 발걸음을 옮겨 이곳으로 거슬러 돌아왔지……

그때 나는 소잔의 딸, 그 아리따운 처자를 다시 만났다네. 그 처자

* 나고야에 위치한 진언종 사원으로, 이 주위의 거리는 도쿄의 아사쿠사와 같은 번화가이다.

는 내가 내뱉은 단 한 마디 말인 '남의 노리개가 돼서는 안 되오'라는 말을 목숨을 걸고 지키며 살아가고 있었지…… 그 처자와 만난 건 정말이지 내 일생일대의 추억거리일세.

하지만 그 처자를 위해 어떻게 해줄 수 있는 형편도 못 되는지라 얼른 그곳을 떴다네. 그러고는 욧카이치에서 고생을 좀 했지. 그런데, 부인."

악사가 말을 걸었다.

"거기에 부인처럼 친절한 사람이 있었소. 그 사람 덕분에 겨우 다시 일어설 수가 있었지. 어쩌다 간사이 지방 노래를 듣는 일이 있어도, 그건 농부가 고작 목욕물이 데워진 걸 가지고 떠벌리는 거나 마찬가지라 신경도 안 썼다오. 하지만 간토 지방으로 들어서서 하코네의 산 한복판에 다다르면 거기서부터 벌써 에도의 쓰즈미* 소리가 귓가에 들려올 테니 그걸 어떻게 참을 수가 있겠소? 무심코 노래를 불러버릴지도 모르겠다는 생각에 마음이 조마조마해서 차마 시즈오카현의 이마기레** 관문은 넘을 수가 없겠더군. 오이즈미하라, 이나베, 아게키를 거쳐 오가키 가도를 따라 기후까지 가서 히다를 넘어가기로 했네. 그러던 중 호쿠리쿠도*** 방면도 한번 돌아볼까 하는 생각으로 도미타 근처에서 사흘을 보내다가 바로 어제 여기 구와나에 도착한 걸세.

---

* 가죽을 씌워서 만든 타악기의 총칭으로 오카와와 고쓰즈미 등이 있는데, 좁은 의미로는 고쓰즈미만을 가리킨다.

** 하마나코 호수가 바다로 이어지는 부근의 땅.

*** 혼슈 중심부에서 한국의 동해에 면한 지역을 일컫는 말.

한데 오늘밤 무슨 일이 일어났는지 아는가? 글쎄 생각지도 않게 뜻밖의 인물 두 사람을 목격하게 되었지 뭔가. 그래, 도저히 견딜 수가 없어서 이 집으로 뛰어들어온 거라네. 그런데 이번엔 또 안마사의 피리 소리가 들려온 거야. 그 소리가 내 뼛속까지 사무치는 듯했지. 평소보다 더 심했어. 그러던 차에 또 그림자를 본 걸세. 아름다운 그림자도 봤고, 무서운 그림자도 봤지. 여기서 안마사한테 복수를 당하는 건가 하는 생각이 들었어. 하지만 그게 무슨 상관인가, 마음대로 하라는 식으로 각오하고 안마사 양반한테 내 등을 내맡긴 게지.

하지만 근육이 뽑히고 몸이 쥐어뜯겨서 내 오체가 다 찢기는 것 같네그려."

이렇게 말하면서 또 고개를 푹 숙이니, 어깨 너머로 안마사가 손을 후들후들 떨면서 악사의 등을 덥석 물듯이 얼굴을 바싹 댔다…… 떠돌이 악사의 빛바랜 겹옷 색깔이 바싹 마른 가슴 피부를 훤히 비춰 심장의 고동이 혈관을 통해 생생히 드러나는 듯했다. 참으로 그 모습이 하카타의 버드나무에 땅거미 한 마리 달라붙은 것처럼 대단해 보인다.

"누구야!"

별안간 깜짝 놀란 듯한 안주인의 목소리가 들렸다. 뒤에 보이는 가미다나의 등불도 어둠 속에 희미하게 비치고 있었는데, 그 끝자락에 걸친 문간의 미닫이 종이가 뭔가에 눅눅하게 젖은 채 구멍이 뚫려 있었다. 그것을 알아챈 안주인이 외마디 소리를 지르자, 문이 덜커덕거리면서 발소리가 크게 들리더니 누군가가 도망쳐 달아나는 것이 아닌가. 그 사람은 다름 아닌 우동 가게 주인이었다.

그런데 그 한심한 양반은 혼자 몸도 아니고 장작 몽둥이를 든 젊은

이 둘을 대동하고 있었던 것이다.

"영감."

셋소가 고쓰즈미를 다 잡아맨 것을 보고 온치 겐자부로가 이렇게 부르면서 위엄 있는 얼굴로 뒤돌아보았다.

"친히 반주를 해주시니 황송하구려."

겐자부로는 이렇게 말하며 쥘부채를 쥐고 인사를 한다.

"미숙하지만 잘 부탁하네."

셋소가 이렇게 답례를 하고는 그대로 방석 아래로 내려오려 했다.

"그러지 마시게."

"아닐세. 방석 위에서 하면 법식에 어긋나지. 허, 이 아가씨의 무용이 조카 녀석의 모습을 떠올리게 만들어서 조심스러워지신 게로군. 그럼 나도."

이렇게 말하면서 두 사람 모두 동시에 깔개를 좌우로 빼냈다.

"며늘아, 며늘아."

겐자부로가 이렇게 두 번을 불렀다.

"오미에 씨라고 했지? 난 며느리처럼 생각하겠네. 나는 기다하치의 외숙 겐자부로라네. 다시 한판 춰보게나."

두 명인이 엄숙한 자세로 고쳐 앉는다.

오미에는 눈동자 하나 움직이지 않고 고상하면서도 그윽한 얼굴로 황홀하게 바라보면서 비틀비틀 뒤로 물러섰다. 밝은 보라색 기모노에 검은 머리를 드리우고, 가냘픈 어깨와 팔을 움직여 소맷자락에 쥘부채로 칼 동작을 취하며, 오미에는 서리 내리는 추운 밤에 늠름한 목소리를 내뱉는다.

"'……나를 끌어올려주시게'라고 단단히 다짐을 하고 예리한 칼을 뽑아들어……"

셋소의 어깨에 얹힌 고쓰즈미에 손 그림자 드리우고, '구모이'라 글씨 새겨진 몸통은 달빛을 머금어 반짝였다. 명예심으로 물든 마음의 꽃에 매듭 줄 빛깔이 확 하고 불붙었다. 셋소는 '야오!' 하고 소리를 한 번 질렀다.

"앗."

외마디 소리를 지르더니 날카로운 눈으로 한 곳을 응시했다—노의 세계에서 군계일학으로 촉망받다가 구름 속으로 사라져버렸다며 만인이 애석해하던 온치 기다하치는 우동 가게 의자에서 한쪽 발을 갑자기 봉당에 내려뜨리고 이렇게 말했다.

"셋소가 쓰즈미를 치네! 쓰즈미를 쳐!"

기다하치는 몸을 들썩이더니 가슴을 세게 누르고는 황급히 수건으로 입을 막아 칵 하고 피를 토해냈다. 하지만 대수롭지 않다는 듯 아무렇게나 내던지더니 안마사의 오른손을 꽉 잡았다.

"까짓 것 천벌이 내릴 테면 내리라지. 자, 안마사 양반, 미나토야 문간까지 갑시다. 다시 한번 이 도련님이 소리를 들려줄 테니."

그러면서 안마사를 잡아끌고 쓱 나갔다.

"(겐자부로) ……이리하여 용궁에 도착하여 궁중을 보니, 높이 서른 장쯤 되는 높은 옥탑에 그 보배구슬이 안치되고 향화(香花)가 올려져 있었네. 그 수호신으로는 8대 용왕이 늘어앉았고, 그 밖에 사나워 보이는 물고기와 악어의 입도 보였네. 죽음을 면하기는 어려운 목숨이라 생각이 드니, 과연 여자의 몸인지라 부부의 연정이 남아 있는 고향이 그리웠네. 저 파도 너머에……"

그 순간, 감정이 복받쳐오른 오미에의 시마다마게 머리끈이 갑자기 끊어지면서 흠치르르한 검은 머리가 풀려 어깨 위로 흘러내렸다. 물에 젖어 헝클어진 머릿결 어깨에 늘어뜨리고, 등불에 흔들거리는 다다미 바다 치맛자락에 맑게 비치네. 흠잡을 데 없는 춤동작이어라.

"(겐자부로) ……내 아이가 있으려니, 대신(大臣)이신 아버지께서도 계시려니……"

목소리가 흐릿해지며 겐자부로의 노랫소리가 갑자기 끊어지려고 하던 찰나였다.

미나토야의 문간에서 누군가 상쾌한 목소리로 노랫소리를 맞추기 시작했다…… 그 목소리가 흰 무지개처럼 불쑥 가까이 다가오더니 오미에의 모습에 비쳤다.

"(기다하치) ……그렇다 해도, 이대로 헤어져 죽고 말다니 이 얼마나 슬픈 일인가, 하고 눈물짓고 서 있는데……"

"이런, 중요한 순간에 쓰러지면 안 돼!"

겐자부로가 훌쩍 자리에서 일어나 비틀거리는 오미에의 등을 받쳤다. 영감의 팔에 오미에의 기모노 소매가 펄럭이며 그 뒤쪽으로 흠치르르한 검은 머리를 드리웠다. 잽싸게 위로 치켜올린 쥘부채는 은빛 바탕 구름 위로 연인의 그림자를 물들이더니, 이윽고 빛을 발하여 등불을 하얗게 밝히며 춤을 추는 것이었다.

오미에가 춤을 추니 기다하치가 노래를 부른다. 셋소 또한 대대로 전해 내려오는 악곡으로 이에 장단을 맞춘다. 셋소의 고쓰즈미 소리에 더하여 구와나의 바다도 두두, 하는 소리를 내며 오카와* 가락을 곁들인다. 강에 이는 물결이 가까이서 타타, 하고 북소리처럼 울리며 물가에 부딪친다. 물결이 노랫가락에 흥을 돋우는 가운데 서리 내린 다도산 꼭대기 높이 치솟고, 고자이쇼가타케산에 드리운 달그림자가 가마가타케산과 가무리가타케산에도 드리워 가무에 동참할 기세다.

밤이 깊어 거리는 차갑게 얼어붙었다. 어디선가 너른 하늘에 피리 소리 들려올 때, 온치 기다하치는 미나토야 처마 밑 짙은 그늘 속에 창백한 모습으로 홀로 서서 노래를 부르고 있다. 달이 용마루 높이 차양을 비추어 그의 얼굴에 흡사 쥘부채와도 같은 빛을 드리웠다. 춤을 추는 쥘부채와 거기서 앞뒤로 딱 들어맞은 것이다.

"(기다하치) ……또 용기를 내어 두 손 모아 '관세음보살이시여, 부디 제게 힘을 실어주소서' 하고 관음의 자비를 구하는 마음으로 관세음보살을 외우며 예리한 칼을 이마에 대고 용궁 속으로 뛰어들어가니, 용들이 좌우로 썩 물러나는 것이었다……"

이렇게 온 힘을 다해 노래 부르던 온치 기다하치는 "등을 빌려주게나, 소잔!"이라고 한마디 내뱉더니, 힘이 다 빠진 모양인지 아까부터 옷자락에 커다랗게 웅크리고 있는 것 같은 형체 없는 그림자에 걸터앉듯 몸을 기대고 앉았다.

한줄기 길이 하얗게 밝아지더니, 여기저기 깊어져가는 처마 끝 초

---

* 전통예능인 노 등에서 쓰는 장구의 일종으로, 왼쪽 무릎 위에 놓고 손으로 두드리며 박자를 맞춘다. '오쓰즈미(大鼓)'라고도 한다.

롱불 빛 아래로 지팡이 짚은 안마사의 모습도 보이는가 싶더니, 드문드문 사람들의 그림자가 모여들었다.

일본의 전통미와 독특한 환상 세계를 추구한 언어의 연금술사

이즈미 교카(泉鏡花, 1873~1939)는 일본을 대표하는 환상문학의 대가로 평가받는 작가이다. 그의 문학은 오늘날 수많은 근대작가들 가운데서도 특히 두터운 독자층을 형성하고 있지만, 실은 동시대에는 그다지 큰 호응을 얻지는 못했다. 그의 문학세계에 대한 재평가가 본격적으로 이루어지기 시작한 것은 1970년대에 들어서이다. 이후 그의 문학세계에 대한 평가는 날로 높아지고 있으며, 그는 많은 독자를 확보한 작가로 자리매김하게 되었다.

교카가 작품활동을 시작한 무렵은 메이지 사회의 근대화 물결 속에 소설에서도 서구문학의 영향이 지대하던 시절이었다. 작가들은 너나 할 것 없이 근대적인 자아의 문제를 다루고 리얼리즘의 방법에 입각하여 소설을 써나갔다. 그러나 그러한 흐름에 반발하듯 교카는 근대화 이전의 일본에 동경심을 갖고 요괴라든지 민담, 전통예능 등의 세계를 바탕으로 자신만의 독자적인 작품세계를 구축해나간다. 자연주의가 문단을 지배하던 당시, 그의 문학은 과장과 비약이 많은 문체로 인해 극소수의 애호가만 있었을 뿐이다. 리얼리즘을 추구하는 문단의 경향 속에서 일본의 풍물을 고집하며 점점 잊혀가는 일본의 전통문화를 추구하던 그의 작품경향은 어쩌면 시대에 역행하는 것이었다고 볼 수도 있다. 그런 까닭에 그의 작품세계에는 '반(反)근대'라는 레테르가 붙기도 한다. 하지만 아이러니하게도 이렇게 '반근대' 문학으로 비치는 그의 작품들이 오늘날 일본의 독자들에게 더욱 많이 읽히고 있으며, 그 형태도 원작뿐 아니라 연극과 만화, 영화 등 '원 소스 멀티 유즈(one source multi use)'를 통해 다양한 방식으로 향수되고 있다. 또한 최근에는 번역을 통해 해외로의 발신도 활발히 이루어지고 있다.

그렇다면 교카의 작품이 최근에 연구자들에 의해 재평가되고 독자들에게 인기를 얻는 원인은 과연 어디에 있을까? 그 원인은 먼저 현대사회의 과학만능주의, 도시문명화 등에 염증을 느낀 현대인들의 내면에 공통적으로 존재하는 문명화 이전의 시공간에 대한 향수에서 찾아볼 수 있다. 산업화, 문명화 이전 시대에 대한 향수, 다시 말해 원풍경(原風景)에 대한 동경은 영화로 따지자면 미야자키 하야오 감독의 〈모노노케히메〉나 〈센과 치히로의 행방불명〉 같은 작품에서 흔히 볼 수 있는 테마이다. 애니미즘을 바탕으로 하여 현대의 물질문명 사회에 대한 비판적인 메시지를 담고 있는 미야자키 하야오 감독의 애니메이션 세계는 교카의 문학세계와 깊은 유사성을 지닌다. 교카의 작품이 다루고 있는 이계(異界)의 공간과 고전의 세계는 현대 물질문명

사회의 피로감에 젖은 현대인들에게 진한 향수를 불러일으키는 동시에 독자의 상상력에 호소함으로써 무한한 해방감을 만끽하게 해준다.

일찍이 다니자키 준이치로가 교카를 일컬어 "일본이 낳은 가장 뛰어나고 향토적인, 일본에서가 아니면 나올 수 없는 특색을 지닌 작가"(『도서(図書)』, 1940년 3월호)라고 한 것처럼, 교카는 일본적 풍물을 일본적 감성으로 담아낸 작가라 할 수 있다. 그러나 단순히 교카의 소설이 일본의 고전적 세계를 재현하는 데만 머물렀다면 지금과 같은 큰 관심을 받지는 못했을 것이다. 그의 작품에는 극적인 구성력과 더불어 요괴나 전통적 예능의 세계에 새로운 생명력을 불어넣는 표현의 참신성이 있다. 이즈미 교카를 '천재'로 평가한 미시마 유키오는 그의 문체가 "일본어의 가장 분방하고 가장 높은 가능성을 개척"했으며 "바다처럼 풍부한 어휘"로 "고도의 신비주의와 상징주의의 밀림을 거의 맨손으로 헤치고 들어갔다"(『일본의 문학 4 오자키 고요·이즈미 교카日本の文学 4 尾崎紅葉·泉鏡花』, 1969년 1월)고 극찬했다. 미시마의 평가처럼 교카는 일본어가 지닌 독특한 리듬과 운율, 어휘를 효과적인 문체로 살려낸 보기 드문 천재적 작가였던 것이다. 그의 문체의 특색은 흔히 유현하고 정치한 점에 있다고 일컬어질 만큼 교카는 '언어의 연금술사'였다.

이즈미 교카는 1873년 11월 4일, 호쿠리쿠의 소(小)교토라 불리는 가나자와에서 태어났다. 교토 풍의 전통문화가 정착해 있었던 가나자와는 구비전승이 살아 숨쉬는 도시로, 그는 이곳에서 17세까지 문학적 감수성을 키우게 된다. 그러나 교카는 아홉 살이라는 어린 나이에 어머니를 잃고 크나큰 상심을 겪게 된다. 그런 가운데 열 살 때 아버지와 함께 이시카와군 맛토의 한 절을 방문했다가 마야 부인 상을 참배하게 되는데, 이를 계기로 어머니에 대한 사모의 정이 더욱 깊어진다. 그후 열한 살 되던 해에 전학한 진애학교의 미국인 교장 여동생과 이웃집 시계 가게의 딸 시게, 친척인 데루라는 세 여성의 귀여움을 독차지하게 되는데, 이 세 여성과의 만남은 그의 문학에서 여성상의 형성에 큰 영향을 미친다. 모성애적 면모를 지닌 연상의 여성상이 바로 그것인데, 이러한 여인에 대한 동경의 심리를 엿볼 수 있는 대표작이 바로 27세의 나이에 발표한 「고야산 스님」, 즉 「고야히지리」이다. 고야히지리(高野聖)란 와카야마현 동북부에 위치한 진언종(真言宗)의 영지 고야산(高野山)에서 승려가 되어 각 지방을 떠돌며 행각을 하던 자들을 일컫는 말이다.

「고야산 스님」은 마계(魔界)를 다룬 그의 작품들 가운데 가장 완성도가 높은 작품일 뿐 아니라 그의 대표작으로 널리 알려져 있다. 이 소설의 특징은 먼저 서술 형식에서 찾아볼 수 있다. 기차 안에서 알게 된 리쿠민사의 슈초라는 고승과 쓰루가의 여관에서 함께 묵게 된 '나'는 그날 밤 고승으로부터 행각승 시절 산속에서 겪었던 체험담을 듣게 되는데, 그 속에는 마녀의 정체와 관련된 십삼 년 전의 홍수 이야기가 담겨 있다. 이처럼 이 소설은 삼중 액자소설의 형식을 띠고 있는데, '나'와 슈초, 두 사람의 만남이 기차 안에서 시작되고 점차 이야기의 시점이 과거로 거슬러 올라가는 점에서, 19세기 말 철도가 부설되고 산업이 발달하면서 점점 물질문명이 중시되던 당시의 근대화 물결 속에서 일본문화의 원풍경을 그리고자 했던 교카의 작가정신이 엿보인다.

이야기는 다음과 같이 전개된다. 슈초가 고갯길에 다다랐을 때 앞서가던 도야마의 약장수가 험한 옛길로 가는 것을 보고 그의 뒤를 쫓는데, 아모 고개의 깊은 삼림 속에서 큰 뱀과 산거머리에게 시달리다가 겨우 빠져나와 외딴 오두막집에 다다르게 된다. 산속 외딴 오두막집에서 하룻밤을 보낸 슈초는 그곳에 사는 미모의 부인에게 마음이 끌려 불자로서의 길을 포기하고 그녀의 곁에서 살아보려고 생각하지만, 오두막집에서 만난 영감으로부터 그녀가 실은 마력을 지니고 있고 호색한 나그네들을 짐승으로 변신시키는 신통력을 지닌 여인이라는 사실을 전해 듣고는 황급히 산을 내려온다.

「고야산 스님」에 등장하는 외딴 오두막집 여인은 따스한 모성적인 면모와 더불어 한편으로는 욕정을 갖고 접근하는 남자들을 짐승으로 바꿔버리는 신비로운 마력을 지닌 이면적인 면모의 소유자이다. 이렇게 미모의 연상 여인으로 조형되고 있는 마녀의 모습에는 어린 시절 돌아가신 어머니에 대한 향수가 반영되었다고 할 수 있다. 또한 마력을 지닌 신비로운 여성상은 과학문명으로 점점 설 자리를 잃어버리게 된 전(前)근대의 정신문명을 상징한다.

슈초가 주요 가도 대신 옛길로 들어서는 행위나, 깊은 산속에서 펼쳐지는 백귀야행(百鬼夜行)의 세계, 외딴 오두막집과 그곳에 사는 마녀의 존재 등은 근대화의 물결에서 그 터전을 빼앗긴 전근대를 상징적으로 표현한다고 할 수 있다. 계곡에서 여인의 따스한 온기에 감싸이는 부분이나 아모 고개에서 큰 뱀을 만나고 산거머리 떼의 습격을 받는 부분 등, 일련의 세계를 환상적인 필치로 훌륭하게 그려내고 있는 이 작품으로 교카는 낭만주의의 대표작가로서 그 위상을 확고히 하게 된다.

1910년에 발표한 「초롱불 노래」는 교카의 작품 중에서도 최고 걸작으로 손꼽힐 뿐 아니라, 일본 근대소설의 대표작 중 하나로 평가되고 있다. 먼저 이 작품의 도입부는 『도카이도 도보 여행기』의 야지로베인 양 행세하는 노인(실은 노배우인 온치 겐자부로)과 그 동행(실은 쓰즈미의 명인 헨미 셋소)이 구와나 역에 내려 숙소를 향해 가던 도중에 하카타 민요를 부르는 떠돌이 악사가 우동 가게로 들어가는 것을 목격하는 장면으로 시작된다. 이 작품이 쓰인 시기가 일본 자연주의 문학의 전성기였던 것에 비추어볼 때, 에도 후기의 희작문학(戱作文学)인 『도카이도 도보 여행기』를 소설 속에 인용하며 스토리를 전개해나간 점에서 그가 얼마나 철저한 반골정신에 입각한 '반근대'의 작가였는지를 엿볼 수 있다.

이후 스토리는 각각 다른 두 공간에서 교대로 동시 진행된다. 우동 가게에서는 떠돌이 악사 기다하치가 자신의 과거에 대해 안주인과 안마사에게 고백하는 장면이 전개된다. 악사는 노가쿠(能楽)계의 군계일학으로 촉망받다가 삼 년 전 기예로 맹인 안마사 소잔을 죽음에 이르게 한 대가로 외숙이자 양아버지인 스승 온치 겐자부로로부터 파문을 당했다. 한편 그와 동시에 구와나의 미나토야 여관에서는 기다하치의 외숙 온치 겐자부로와 헨미 셋소라는 쓰즈미 명인 앞에서 소잔의 딸 오미에가 기다하치로부터 배운 요쿄쿠 〈해녀〉를 춤춘다. 이 두 장면이 극적 구성을 이루는 가운데, 마지막 장에서 클라이맥스를 이루며 하나의 영상과 음악으로 혼연일체가 되는 장면은 가히 압권이라 할 만하다. 기다하치의 속죄와 더불어 소잔의 원혼을 달래는 진혼이 극적 카타르시스를 통해 이루어지는 장면에서는 모든 것을 초월하여 존재하는 지고의 예술혼을 엿볼 수 있다.

일찍이 「초롱불 노래」는 몽환노(夢幻能)의 양식을 도입하고 있다는 지적이 있었다. 몽환노란 주연인 '시테'가 신이나 영, 정령 등 초자연적 존재를 상징하고, 이는 조연인 '와키'가 본 환영 내지는 꿈속의 사건이라는 의미에서 붙여진 이름이다. 「초롱불 노래」의 경우, 그림자처럼 등장하는 떠돌이 악사가 '마에지테(전반부의 주연 역할)'로 등장하고, 자신의 과거를 설명하는 부분에서부터는 '노치지테(후반부의 주연 역할)'로 변신하게 된다. 또한 두 노인은 '와키'에, 소잔의 딸인 게이샤 오미에는 부차적 인물인 '쓰레'에 해당한다는 것이다.

그와 더불어 이 작품에는 영화적 연출기법도 다수 반영되어 있다. 구와나의 밤거리를 두 노인을 태운 인력거가 내달리는 장면이라든지 우동 가게 앞에서 노래를 부르는 기다하치와 스쳐 지나가는 장면 등, 마치 영화의 한 장면을 보는 듯한 착각이 들게 하는 구성과 장면묘사가 돋보인다. 교카는 이러한 영화적 기법을 소설 속에 도입한, 당시로서는 유일한 작가였다. 아니, 어떤 면에서 볼 때 그가 작품 속에서 보여주는 장면묘사는 오히려 당시의 영화적 기법을 능가하는 수준이라 할 만하다. 시대를 앞서가는 작가의 감성이 여실히 느껴지는 부분이라 하겠다.

「초롱불 노래」는 가부키가 지니는 근세 서민의 경묘한 미와 그것과 대비되는 노가쿠가 지니는 중세 귀족의 유현(幽玄)의 미가 미묘한 조화를 이룸과 동시에, 간토와 간사이라고 하는 일본 동서문화에 대한 작가의 시각이 반영된 소설이다. 교카는 이처럼 이 소설 속에 일본의 고전적 미학 전반을 아우르는 광대한 구상을 담아냈으며, 시적 표현이 두드러지는 유려한 문장을 통해 이를 예술적으로 승화시키는 데 성공했다.

동시대에 다니자키 준이치로, 아쿠타가와 류노스케 등으로부터 높은 평가를 받았던 교카는, 후대에도 가와바타 야스나리, 이시카와 준, 미시마 유키오 등 유명 작가들에게 큰 영향을 미쳤다. 1973년에는 이즈미 교카 탄생 100주년을 기념하여 가나자와시 주최로 이즈미 교카 문학상이 제정되었는데, 지금까지 요시모토 바나나를 비롯하여 노사카 아키유키, 사기사와 메구무, 유미리 등 많은 유명 작가와 신인 작가들에게 수여되었다. 전근대의 문화와 더불어 토속의 뿌리와 깊게 연관되면서 동시에 무한한 상상력에 호소하는 교카의 작품은 앞으로 그 가치가 더욱 주목을 받으리라 생각한다.

임태균

1873년 11월 4일 이시카와현 가나자와시 시모신초 23번지에서 조금사(彫金師)인 부친 세이지와 모친 스즈의 2남 2녀 중 장남으로 출생. 본명은 교타로(鏡太郎). 어머니는 에도 출신으로, 노(能) 예능인의 가계에서 자랐다.

1877년 이 무렵부터 어머니가 읽어주는 구사조시(草双紙, 그림이 있는 인쇄 소책자)를 즐기고 이웃집 여자들로부터 구비전설을 듣게 됨. 8월 3일 여동생 다카 출생.

1880년 1월 31일 남동생 도요하루〔나중에 작가 샤테이(斜汀)가 됨〕 출생. 4월 요세이 소학교에 입학.

1882년 12월 3일 막내 여동생 야에 출생. 12월 24일 어머니 스즈가 출산 후 산욕열로 28세의 젊은 나이에 사망. 아름답고 성격이 밝았던 어머니의 죽음은 교카의 문학적 생애에 결정적인 영향을 끼치게 됨. 아버지는 이듬해 12월에 재혼.

1884년 4월 가나자와구 고등소학교에 입학. 같은 해에 일치교회파의 진애학교(후에 호쿠리쿠에이와 학교로 개칭)로 전학. 미국인 교장 포토르의 여동생으로부터 사랑을 받음. 또한 이웃집 시계 가게의 딸 시게와 친척인 데루와 친하게 지내는데, 이들 세 여성은 죽은 어머니와 더불어 교카 문학 여성상의 원형을 이루게 된다. 6월 아버지와 더불어 이시카와군 맛토의 절에서 마야 부인(석가모니의 어머니) 상을 참배하며 어머니에 대한 사모의 정을 더욱 간절히 품게 됨. 이후 마야 부인 신앙을 갖게 됨. 12월 아버지 이혼.

1887년 5월 호쿠리쿠에이와 학교 퇴학. 제4고등중학교(제4고교의 전신이자 현재의 가나자와 대학) 입시를 준비하나 이듬해 에 불합격.

1889년 오자키 고요의 「두 비구니의 참회(二人比丘尼色懺悔)」를 읽고 감동을 받음.

1890년 11월 28일 상경. 고요의 문하생이 되기를 희망했으나 기회를 얻지 못한 채 친구의 하숙집 등에서 기거함.

1891년 10월 19일 고요의 집을 방문하여 입문을 허락받은 후 현관 문지기로 고용살이를 하며 사사를 시작하여 이후 삼 년여 동안 고요의 집에서 생활함.

1892년 10월 1일부터 11월 20일까지 「교토히노데 신문(京都日出新聞)」에 처녀작 「간무리야자에몬(冠弥左衛門)」 연재. 11월 화재로 생가가 소실하여 귀향한 뒤 연말에 다시 상경.

1894년 1월 9일 아버지가 52세의 나이에 병환으로 사망함. 교카는 귀향한 뒤 생활고로 자살을 생각하기도 함. 11월 「의혈협혈(義血俠血)」을 「요미우리 신문(読売新聞)」에 연재.

1895년 4월에 발표한 「야행순사(夜行巡査)」와 6월에 발표한 「외과실(外科室)」이 다오카 레이운에게 절찬을 받고 시마무라 호게쓰 등에 의해 관념소설이라 명명을 받아 신진 작가로 인정받음.

1896년 5월 고이시카와에서 할머니와 남동생과 함께 생활하게 됨. 11월부터 12월에 걸쳐 『문예구락부(文芸倶楽部)』에 「용담담(龍潭譚)」을 연재함. 「요미우리 신문」에 「데리하쿄겐(照葉狂言)」을 연재함.

1897년 4월 첫 구어체 소설 「화조(化鳥)」 발표.

1898년 2월 「다쓰미코담(辰巳巷談)」 발표.

1899년 1월에 열린 겐유샤의 신년 연회에서 나중에 아내가 되는 게이샤 모모타로(본명은 이토 스즈)를 알게 됨. 12월 『유시마

참배(湯島詣)』 출간.

1900년 2월 「고야산 스님(高野聖)」 발표. 11월 「가쓰시카 스나고(葛飾砂子)」 발표.

1901년 4월 「주문첩(註文帳)」 발표.

1902년 1월 「선녀전기(女仙前記)」 발표. 7월 말부터 9월 상순까지 위장병 요양을 위해 즈시에서 지냄. 이토 스즈가 부엌일을 돕기 위해 드나듦.

1903년 3월 우시고메 가구라자카에서 스즈와 동거. 4월 스즈와의 동거에 대해 고요로부터 질책을 받아 일단 스즈와 이별. 10월부터 이듬해 3월에 걸쳐 「국민신문(国民新聞)」에 「풍류선(風流線)」 연재. 10월 30일 고요가 36세의 나이로 사망함. 고요 사망 후 스즈와 결혼함.

1904년 3월에 「홍설록(紅雪錄)」을, 4월에 「속홍설록(続紅雪錄)」을 『신소설(新小說)』에 발표함.

1905년 2월 할머니 사망. 6월 「여자 손님(女客)」을 『중앙공론(中央公論)』에 발표(11월 완결). 건강을 해쳐 여름에 즈시에서 요양. 이후 사 년간 즈시에서 생활함.

1907년 1월 1일부터 4월 6일까지 「여자의 계보(婦系図)」를 「야마토 신문(やまと新聞)」에 연재.

1908년 1월 『풀의 미궁(草迷宮)』 출간. 4월 「낭만주의와 자연주의(ロマンチックと自然主義)」를 발표하여 자연주의에 대한 비판을 표명함. 팬클럽인 교카회(鏡花会) 발족.

1909년 2월 상경하여 고지마치로 이주. 4월 24일 고토 주가이, 사사카와 림푸 등이 결성한 문예혁신회에 참가하여 반자연주의를 표방함. 7월 「바다의 사자(海の使者)」를 『문장세계(文章世界)』에 발표함. 10월부터 12월에 걸쳐 나쓰메 소세키의 의뢰로 「백로(白鷺)」를 「도쿄아사히 신문(東京朝日新聞)」

에 발표함. 11월 문예혁신회 강연여행으로 우지야마다, 이세 등을 돌며 「초롱불 노래(歌行燈)」의 착상을 얻음.

1910년 1월 「초롱불 노래」를 『신소설』에 발표. 사토미 돈을 알게 됨.

1911년 3월 작품집 『교카 총서(鏡花叢書)』 출간.

1913년 3월 희곡 「야차 연못(夜叉ヶ池)」 발표.

1914년 9월 『니혼바시(日本橋)』 출간.

1915년 6월 『교카 선집(鏡花選集)』 출간.

1916년 7월 희곡 「야차 연못」이 혼고좌에서 초연됨. 1월 미나카미 다키타로와 알게 됨. 이후 다키타로는 교카를 물심양면으로 지원해줌.

1917년 9월 희곡 「천수 이야기(天守物語)」 발표.

1919년 1월부터 1921년 2월까지 「연고 있는 여자(由縁の女)」를 『부인공론(婦人公論)』에 발표.

1920년 다니자키 준이치로와 아쿠타가와 류노스케를 알게 됨.

1924년 5월 「눈썹 없는 혼령(眉かくしの霊)」 발표.

1925년 7월 『교카 전집(鏡花全集)』(전15권) 출간이 시작됨.

1926년 11월 가나자와 여행. 여동생과 이십육 년 만에 재회.

1928년 5월 환담회인 구구구회(九九九会) 발족. 이후 작고할 때까지 계속됨.

1929년 7월 2일부터 11월 24일까지 「산해평판기(山海評判記)」를 「시사신보(時事新報)」에 발표. 5월 노토에서 지냄.

1933년 남동생 샤테이 사망.

1937년 6월 제국예술원 회원이 됨.

1939년 7월 병고 속에서 「누홍신초(縷紅新草)」를 『중앙공론』에 발표. 9월 7일 폐종양으로 영면. 조시가야 묘지에 묻힘. 법명은 '유환원경화일채거사(幽幻院鏡花日彩居士).'

문학동네 세계문학전집 발간에 부쳐

세계문학은 국민문학 혹은 지역문학을 떠나 존재하는 문학이 아니지만 그것들의 총합도 아니다. 세계문학이라는 용어에는 그 나름의 언어와 전통을 갖고 있는 국민문학이나 지역문학의 존재를 인정하면서 그것을 넘어서는 문학의 보편적 질서에 대한 관념이 새겨져 있다. 그 용어를 처음 고안한 19세기 유럽인들은 유럽문학을 중심으로 그 질서를 구축했지만 풍부한 국민문학의 전통을 가지고 있는 현대의 문학 강국들은 나름의 방식으로 세계문학을 이해하면서 정전(正典)의 목록을 작성하고 또 수정한다.

한국에서도 세계문학 관념은 우리 사회와 문화의 변화 속에서 거듭 수정돼왔다. 어느 시기에는 제국 일본의 교양주의를 반영한 세계문학 관념이, 어느 시기에는 제3세계 민족주의에 동조한 세계문학 관념이 출현했고, 그러한 관념을 실천한 전집물이 출판됐다. 21세기 한국에 새로운 세계문학전집이 필요하다는 것은 명백하다. 우리의 지성과 감성의 기준에 부합하는 세계문학을 다시 구상할 때가 되었다.

문학동네 세계문학전집은 범세계적으로 통용되는 고전에 대한 상식을 존중하면서도 지난 반세기 동안 해외 주요 언어권에서 창작과 연구의 진전에 따라 일어난 정전의 변동을 고려하여 편성되었다. 그래서 불멸의 명작은 물론 동시대 세계의 중요한 정치·문화적 실천에 영감을 준 새로운 작품들을 두루 포함시켰다.

창립 이후 지금까지 한국문학 및 번역문학 출판에서 가장 전문적이고 생산적인 그룹을 대표해온 문학동네가 그간 축적한 문학 출판 경험을 바탕으로 새로운 세계문학전집을 펴낸다. 인류가 무지와 몽매의 어둠 속을 방황하면서도 끝내 길을 잃지 않은 것은 세계문학사의 하늘에 떠 있는 빛나는 별들이 길잡이가 되어주었기 때문이다. 우리가 자부심과 사명감 속에서 그리게 될 이 새로운 별자리가 독자들의 관심과 애정에 힘입어 우리 모두의 뿌듯한 자산이 되기를 소망한다.

문학동네 세계문학전집 편집위원

민은경, 박유하, 변현태, 송병선, 이재룡, 홍길표, 남진우, 황종연

지은이 **이즈미 교카**

1873년 일본 이시카와현 가나자와시에서 태어났다. 17세에 소설가가 되려고 도쿄로 상경해 1894년까지 오자키 고요의 문하생으로 지냈다. 1895년 「야행순사」와 「외과실」을 발표하며 유망한 신진 작가로 인정받았다. 이후 환상문학의 성격이 짙은 작품을 다수 발표하며 자연주의 문학이 주류를 이루던 일본 근대문학계에 뚜렷한 족적을 남겼다. 1939년 폐종양으로 생을 마감했다.

옮긴이 **임태균**

중앙대학교 일어일문학과 및 동대학원을 졸업하고 오사카 대학 대학원에서 박사학위를 받았다. 현재 성결대학교 일어일문학과 교수로 재직중이다. 한국일본학회 편집이사 및 편집위원, 한국일본문화학회 근대문학분과이사, 한국일본기독교문학회 총무이사 등을 역임했다. 지은 책으로 『포인트 일본 문학사』 『일본 근현대문학과 연애』 『일본문학 속의 기독교』(이상 공저), 『일본 근현대소설의 이해와 감상』 등이 있다.

세계문학전집 053

고야산 스님 · 초롱불 노래

양장본 초판 인쇄 2010년 12월 3일
양장본 초판 발행 2010년 12월 10일

지은이 이즈미 교카 | 옮긴이 임태균 | 펴낸이 강병선
책임편집 이은현 | 편집 최정수 오동규 | 독자모니터 서윤이
디자인 이경란 송윤형 한충현 김민하 | 저작권 김미정 한문숙
마케팅 정민호 김도윤 장선아 박보람 | 온라인 마케팅 이상혁 한민아 정진아
제작 안정숙 서동관 정구현 김애진 | 제작처 한영문화사(인쇄) 우진제책사(제본)

펴낸곳 (주)문학동네
출판등록 1993년 10월 22일 제406-2003-000045호
주소 413-756 경기도 파주시 교하읍 문발리 파주출판도시 513-8
전자우편 editor@munhak.com | 대표전화 031) 955-8888 | 팩스 031) 955-8855
문의전화 031) 955-3576(마케팅), 031) 955-2687(편집)
문학동네카페 http://cafe.naver.com/mhdn

ISBN 978-89-546-1319-4 04830
978-89-546-1020-9 (세트)

www.munhak.com

문학동네 세계문학전집

1, 2, 3 안나 카레니나 레프 톨스토이 | 박형규 옮김

4 판탈레온과 특별봉사대 마리오 바르가스 요사 | 송병선 옮김

5 황금 물고기 르 클레지오 | 최수철 옮김

6 템페스트 윌리엄 셰익스피어 | 이경식 옮김

7 위대한 개츠비 F. 스콧 피츠제럴드 | 김영하 옮김

8 아름다운 애너벨 리 싸늘하게 죽다 오에 겐자부로 | 박유하 옮김

9, 10 파우스트 요한 볼프강 폰 괴테 | 이인웅 옮김

11 가면의 고백 미시마 유키오 | 양윤옥 옮김

12 킴 러디어드 키플링 | 하창수 옮김

13 나귀 가죽 오노레 드 발자크 | 이철의 옮김

14 피아노 치는 여자 엘프리데 옐리네크 | 이병애 옮김

15 1984 조지 오웰 | 김기혁 옮김

16 벤야멘타 하인학교－야콥 폰 군텐 이야기 로베르트 발저 | 홍길표 옮김

17, 18 적과 흑 스탕달 | 이규식 옮김

19, 20 휴먼 스테인 필립 로스 | 박범수 옮김

21 체스 이야기·낯선 여인의 편지 슈테판 츠바이크 | 김연수 옮김

22 왼손잡이 니콜라이 레스코프 | 이상훈 옮김

23 소송 프란츠 카프카 | 권혁준 옮김

24 마크롤 가비에로의 모험 알바로 무티스 | 송병선 옮김

25 파계 시마자키 도손 | 노영희 옮김

26 내 생명 앗아가주오 앙헬레스 마스트레타 | 강성식 옮김

27 여명 시도니가브리엘 콜레트 | 송기정 옮김

28 한때 흑인이었던 남자의 자서전 제임스 웰든 존슨 | 천승걸 옮김

29 슬픈 짐승 모니카 마론 | 김미선 옮김

30 피로 물든 방 앤절라 카터 | 이귀우 옮김

31 숨그네 헤르타 뮐러 | 박경희 옮김

32 우리 시대의 영웅 미하일 레르몬토프 | 김연경 옮김

33, 34 실낙원 존 밀턴 | 조신권 옮김

35 복낙원 존 밀턴 | 조신권 옮김

36 포로기 오오카 쇼헤이 | 허호 옮김

37 동물농장·파리와 런던의 따라지 인생 조지 오웰 | 김기혁 옮김

38 루이 랑베르 오노레 드 발자크 | 송기정 옮김

39 코틀로반 안드레이 플라토노프 | 김철균 옮김

40 어두운 상점들의 거리 파트릭 모디아노 | 김화영 옮김

41 순교자 김은국 | 도정일 옮김

42 젊은 베르테르의 슬픔 요한 볼프강 폰 괴테 | 안장혁 옮김

43 더블린 사람들 제임스 조이스 | 진선주 옮김

44 설득 제인 오스틴 | 원영선, 전신화 옮김

45 인공호흡 리카르도 피글리아 | 엄지영 옮김

46 정글북 러디어드 키플링 | 손향숙 옮김

47 외로운 남자 외젠 이오네스코 | 이재룡 옮김

48 에피 브리스트 테오도어 폰타네 | 한미희 옮김

49 둔황 이노우에 야스시 | 임용택 옮김

50 미크로메가스·캉디드 혹은 낙관주의 볼테르 | 이병애 옮김

51, 52 염소의 축제 마리오 바르가스 요사 | 송병선 옮김

53 고야산 스님·초롱불 노래 이즈미 교카 | 임태균 옮김

54 다니엘서 E. L. 닥터로 | 정상준 옮김

55 이날을 위한 우산 빌헬름 게나치노 | 박교진 옮김

56 톰 소여의 모험 마크 트웨인 | 강미경 옮김

57 카사노바의 귀향·꿈의 노벨레 아르투어 슈니츨러 | 모명숙 옮김

58 바보들을 위한 학교 사샤 소콜로프 | 권정임 옮김

59 어느 어릿광대의 견해 하인리히 뵐 | 신동도 옮김

60 웃는 늑대 쓰시마 유코 | 김훈아 옮김

● 문학동네 세계문학전집은 계속 출간됩니다